U0922812

# 谈到世界充满爱

傅踢踢 著　周小肉 绘

中国出版集团　東方出版中心

# 目录
# contents

## Part 2 热点热词冷思考



## Part 3 手捧“鸡汤”反鸡汤

# 推荐序一

我认识傅踢踢，得益于幼狮传播的褚宁。

问他，最近手里有没有特别能写的小鲜肉？推荐傅踢踢，恰是我们复旦大学新闻系师弟。恕眼界窄，除了之前曾推荐过的2B青年明道副总裁许维师弟，我复旦新闻系似乎随着“主编死了”，连师弟师妹们好像都人才凋零。

我把踢踢请来，喝咖啡，一起参加活动，玩乐的同时，了解一下他。

85后，眼镜男。相比较他的文字，其人温和沉默。不太说话，喜欢直接干活。除了码字之外，喜欢看书，是“拇指阅读”的铁杆用户。似乎也喜欢音乐、足球。

我被打动，可能是因为2014年3月中旬有关李宗盛演唱会的那篇文字。我们都去看了当晚的李宗盛《既然青春留不住》演唱会。这是属于我们70年代的声音。演唱会结束就比较晚，但在我们洗洗睡的时间里，傅踢踢的订阅号文字就出来了——《我今天的承诺，用这首歌来作证》。我和老婆都在手机上看完了，惊讶于一个85后为什么有着70后的同感。相信那一晚，相当多看了和没看演唱会的人，都被这篇文字刷屏了。

后来还有不少引起小众轰动的文字。比如调侃师兄、同行的《澎湃之后，是否涛声如旧》。这篇和邱桑的《我心依然澎湃如昨》一样广泛流传。踢踢大胆，师兄大量。

书中纪念《大话西游》的《你以为看到了爱情，说到底不过是命运》那篇，也引起很多人共鸣。

即使是很私人的伊斯坦布尔旅行，他写的《但愿你的道路漫长，不要仓促地抵达命定之所》，相信也有不少人喜欢。我默默找出自己曾经写的伊斯坦布尔游记，准备发出来和一下，又默默地作罢了——前浪已经死在沙滩上，就不必再兴风作浪。

很多人和我一样奇怪，一个应该没多少情感经历的85后，有什么资格谈情说爱，甚至还是帮助其他人谈情说爱来答疑解惑？按照他的说法——经验嘛，总是有的；再说，谈着谈着不就有经验了吗？算是可接受的回答吧。

踢踢文字的特点，一是有自己的思考；二是逗比有趣；三是出手极快；四是产量不小(目测每天一万字不呕吐)。我对踢踢的赞赏，乃至一点微不足道的协助，源自于何呢？一是类似的背景和爱好(虽然年龄差距不小)；二是对他的思考、文字与情趣的真心认可；三是年纪大了后确实对算是后辈又认真努力投缘人的溢于言表的喜爱；四是就踢踢本人而言，靠谱、真诚的暖男也是原因吧。

举个例子。前阵子他不知道从哪里旅行回来，给我带来两支Lamy钢笔——想来看出我喜欢在书上写写画画。不看价格，我有十几支万宝龙文豪系列，但最近倒都是在用他送的这支，很顺。这次他从土耳其回来，看朋友圈又给微信公众号“72物候元气生活”的花小要送去了很多包调味料——想必也是她心水之物。不管贵不贵，这么重不远万里带回来，就是心意。幼狮的生日会，他也会花心思订做有意思的蛋糕。这一切，都在随手之间，安静自然。

我承认，喜欢踢踢这样的师弟，有些个人的情感成分。一位朋友曾经善意提醒，你对踢踢这几个85后的同学，夸奖太多，推崇过度，反而害了他们。也许吧，我也认同这样的善意批评。但我就是这样，也没有办法啊。我真心认为他们不错，也真心希望能够在他们成长道路上，推上一把。而且，他们有他们时代的生活，我们的标准未必适用。当年我们开始的时候，虽然遇到不少好师长，但也有不少从传真机上抢发布会邀请函的前辈。我们在恶心之余，并没有变成他们，也算是幸事。

踢踢这样的85后，倒是让我对他们这代人，以及他们和我们的未来，有了更多的希望。

熊三木

企业社交协作平台明道、移动生活视频一条、葡萄酒社交应用 dr. wine 和赞赏社交出版投资人

# 推荐序二

没有失恋过的人生是不值得过的。

大一暑假，初恋的姑娘离开了我。这次失恋带给我几个后果：一是对摇滚乐的热爱；二是吸烟的习惯；三是大学期间再没敢开始一段新的感情。如今人到中年，可以摇着渐成规模的肚腩云淡风轻地总结这些后果——一个很好，一个很坏，一个塞翁失马不好不坏。但当时的我显然是这么睿(wú)智(qù)。

毕竟对于失恋来说，暑假是个坏得不能再坏的时间了。从学校回到家里，朋友星散各地，无案牍之劳形，想转移一下注意力都难，还好可以有丝竹之乱耳。于是白天就埋在音乐中找解药，而夜晚，夜晚是我的炼狱。那时整晚整晚听电台的夜间谈话节目，在别人的故事中稀释自己的感伤。电波里一个叫叶沙的好听的女声，清澈而真诚，在无数燠热的漫漫长夜中，清泉般抚慰一颗年轻而受伤的心灵。

叶沙的节目早就不再播了吧？在这个移动互联网的小时代，那些痴男怨女的故事该讲给谁听呢？还好，有傅踢踢。

说起来，踢踢还是我的同门师弟，但我真正认识他却是通过社交网络。当时只是注意到了他的才情，后来认识更多，才感受到他的坚持、勤奋和心思细腻。我知道踢踢早晚都会出书，只是没想到第一本竟是谈感情的。今天人们会说，谈钱多伤感情；而谈感情，多伤钱——何况要"谈到世界充满爱"，踢踢真是一名不折不扣的理想主义者。

就像歌里唱的："Wise man say, only fools rush in…"恋爱中的人都是傻瓜，然而恋爱中的人又都是勇者。翻开这本书，你会知道对于多愁善感的愚蠢人类而言，这个世界有多残酷。而硬币的另一面，是这个叫傅踢踢的外表忠厚的男孩儿翻给你看的，那是温情的一面，有爱的一面。

我认为这本书的意义会超过它给人的第一印象。对我来说，这本书体现出来的情怀是：只要你愿意跟这个世界聊聊，总会有人懂你的故事。

褚宁

幼狮传播合伙人

# 所谓爱情，只身打马取西经丨自序

在孔门弟子中，子路是条汉子。有一次他问师傅，执政先要做什么？夫子呵呵后："必也正名乎。"

子曾经曰过的，后人理当奉行。为了"正名"，我千万次地问，想着替情感专栏物色一个好名字。很多次，幸福的闪电击中了我，不少威武雄壮的题目还险些成真。

例如，这本书中的许多答问，起初几乎以《妇研杰》的名义归总。但当我和损友分享的时候，他只说了三个字：《护淑煲》。

不收广告费就胡乱推广，不是我这种有情怀的人干的事儿。于是，呈现在你面前的这本小书，最终用了一个乍看像红十字会出品的名字：《谈到世界充满爱》。

很长一段时间里，太多朋友来问我，为什么要写情感专栏？

其实因为八卦，但我羞于启齿。于是想了冠冕堂皇的理由来搪塞：情感里蕴藏着人心的高岗与山谷。

这话在一开始，确实是姑妄言之。可更多的来信不期而至，下笔倒因为郑重而滞涩起来。面对真诚的剖白，哪怕非亲非故，也不敢唐突了信任。为此，不少回复里，我尽可能耐心、克制。我也常告诫自己，不要轻率地用"极品"、"奇葩"来为旁人的感情定调。置身爱情，每个人都有切肤的感受。

当然，看到一些奇峰突起的逻辑和行为，也会按捺不住万马奔腾的心，吐槽为敬。所言种种，并不对人，只想用直白的笔触勾勒事理。嘴炮好打，放火之后还要扫洒应对。这是一个情感专栏作者的自我修养。

情感专栏是好写的，因为话题引人入胜，出人意表的素材也永不断档。但写情感专栏又极度困难，千言万语千头万绪，道理不过几句。何况，我也无心顺着任何“症候群”的预期，说些抚慰人心的话。或者站在女性或男性的立场，兜售技巧与花招。

我的理念是：爱情，本质上是一场自我的修行。取经路上，没有人能代为完成任务。但发几句彼此的探问，常观察旁人的足迹，多少能有所参照。在良夜的漫天星斗里，我愿做其中一颗，照亮你将走的路。

我喜欢的李宗盛大叔有一句歌词：“想得却不可得，情爱里无智者。”无从逃避，也不必退缩。不爱只是爱的另一种方式。

而说到底，漫漫感情路，总得错几步，长长恋爱史，难免踩狗屎。只愿我们那些不忍、不忿、不智，最终都能内化为成长，趟过时间的河流，穿越人心的丘壑，反照自身。

如果你能透过这本书里的嬉笑怒骂，读到这层意思，便是我的理想读者。我也希望，能回报你阅读的愉悦，以及长久的温柔。

# Part 1
# 见招拆招看疗效

# 因你之故，我们跨越秋山，忘记圆满

踢踢，我是87年的，安徽姑娘，男友90年的西安的，男友家4个孩子，他是最小的，上面还有一个哥哥，两个姐姐。我有个弟弟，已经结婚生娃了。我和男友都在上海上班，短期内都不打算离开上海，我男友的爸爸，意思就是，一定要在西安买房子，不然就没钱给（我自己父母也希望我们能在我老家买房子）。我们本来意思是，让他爸妈给我们一笔钱，有个底，我们自己再攒，攒够了再在上海买。但是现在成了这样，我不知道，还要不要再继续下去了。

Q

亲爱的Q：

你的情况看起来复杂，拆解开来，就是我们每个人的经历。也许兄弟姐妹的数量少一些，男女的年龄倒置一下，安徽和西安，换成松江和宝山，或者通州与昌平。相似的是，年轻的我们，都有一颗扎根北上广、为将来而努力打拼的不屈之心。壮志满怀，也希望另一半悉心体谅，共同奋斗。

可现实每每残酷。对你来说，很多选择的范围早已注定。家中已有兄弟姐妹，一些还有了下一代，父母的财产按常情自当雨露均沾。分摊到你和男友身上，离上海购房的首付还颇有差距。从父母的立场出发，期望子女回到身边，也是再正常不过的要求。千难万难，到头来就归总为命运无常、生活无奈，头绪纷乱竟成死结。

可如果换个角度来看呢？在感情开始的时候，你和男友的想法应该都很简单，不过是相谈甚欢，你情我愿，在彼此的了解中品评爱慕的程度。而后，相互的磨合，生活的重压，家庭的左右，物质的束缚，一层层摞在两个人的感情上。此间的纠缠，究竟发生过什么，有何分歧，是否影响了彼此的体谅，不便猜测。反正结果是：现实的千钧之重，压得喘不过气来，甚至考虑起分手。

仔细想想，感情最本真的样子，不就是彼此信任，面对面就是对方，背靠背望见整个世界吗？这么说倒不是罔顾种种压力，只是想表达，亲密关系于我们每个人，应当是凌驾于物念之上的。再大的诱惑，脱离了情感，都会流于虚妄。房子的事，也许只是人生长路上的一叶障目，风再起时，便能望见更远的景象。

我的朋友里，租房结婚的不算多，但也不乏其例。他们的想法并不是太过浪漫，反倒称得上实际：既然暂时买不起，那就"相依为命"，好好奋斗。虽然房价的事没边，也相信靠能力，终有买得起房的那天。这在我眼里，是现实之上的层次，也体现彼此的信任程度。

很多人都说，找一个合适的人，标准之一是不能拉低眼下的生活水平。话有道理，但出发点是自己，对非理性因素也有所低估。为此，才有很多人，尤其女生，在物质和好感之间纠结不已。往深里说，不愿放弃物质，还不是现实与否的问题，而是对进步和改观心怀怯懦。

有时候我也会想，生命究竟是什么？多少东西值得珍藏，又有多少应当断、舍、离？什么意念理当坚定，什么想法会成为我执？万般絮碎之中，不变的也许是：忘记圆满，才懂幸福。并不是他/她那么完美，才选择一起走，而是两人携手向前，追求完美的人生。

我很理解你的苦闷压抑，但《圣经·新约·哥林多前书》里提到的恒久忍耐，并不是婚礼上的司仪专属口技。如果准备好了，自然不会害怕。若是为现实而分手，也无可厚非。理智和软弱本就是硬币的两面。而选择权，到底在自己手中。真要分开的时候，想想对方是不是希望相伴一生的人，答案自然会浮现。

人生的事太难讲。明日隔山岳，世事两茫茫。当我们找到那个他/她，并肩跨过秋山万重，愿彼时早已忘记对圆满的执着。那是幸福的证据。

# 爱情总徘徊在自禁与失禁之间

亲爱的傅老师:

辗转反侧了 N 个不眠之夜后，我决定给你写信，希望你能骂醒我，让我从这段畸形的恋情里解脱。

日光之下，并无新事，情节俗套得很。他是我的上司，30 出头，相貌平平但精明强干，在下属面前很有威严。或许是有心，或许是无意，入行不久他就带我一起去厦门出长差。不知道是不是因为日久生情，还是在同一个空间里共处产生的错觉，慢慢地，我竟然发现自己爱上了他，而他也对我特别温柔。我会因为他替我挡住客户递来的酒杯而感动，也会为了他夸奖我煮的粥而兴奋好久……一天深夜，酒醉而归的他揽住我的肩，轻轻地说他一直都很喜欢我，我又惊又喜，但一想到这是一个有妻儿的“已婚人士”，心头立马凉了半截，暗暗发誓要将这段感情扼杀在摇篮里。

酒醒后，他选择性失忆，没有提起告白的事，我也权当什么都没听到，继续扮演上司与下属的角色。但是我们之间的关系开始变得微妙。回到上海后，我发现自己依然无法摆脱对他的思念和爱慕，而他，也不时发来言语暧昧的短信。

在无数次挣扎于“要不要做小三”的纠结后，我决定任性一次，和他开始一段注定没有结果的恋情。地下情自然不易，何况还是同事，我们总是相约宵夜或者深夜散步，害怕遇到同事，更怕遇见自己的亲友。我发现自己确实很爱他，珍惜每一次和他单独相处的机会，但我的内心也一直有强烈的负罪感，我怎么可以去破坏别人的家庭?!

他很少提及妻儿，说到也不过就是性格不合之类的话，他也不提未来，不触碰与承诺有关的话题。我知道自己应该决绝地和他说再见，但是每每想到分手，还是万般不舍，我真的不知道自己究竟爱上他什么，但我偏偏就是爱得不可自拔，爱得背弃了自己信守的道德底线。

傅老师，请猛烈地批判我吧。

痛苦的Y小姐

Y小姐：

你好！

正题之前，先放松一下，插播一段电视节目。请脑补赵忠祥老师那温柔敦厚的眼袋和丰满磁性的嗓音：春天来临，万物复苏，又到了动物交配的季节……

在一派温暖祥和、蠢蠢欲动的氛围中，我们开始讨论这个让你“辗转反侧了N个不眠之夜”的疑问。一句话概括：你爱上了已婚已育上司，但又不甘愿做“小三”。

雄关漫道真如铁，八千里路云和月，蓦然回首，你发现这条步步惊心的道路上布满了有意无意的陷阱，而自己的技能点又没加在花见花开转圜自如上。展望未来，残存的道德感又让你摆出一副“必须不能迈过这道坎”的决心，仿佛“一入小三深似海，从此良家是路人”。进进退退，凄凄惨惨，终于抢在海量中国股民前头，抵达自禁与失禁之间。

可我还是忍不住要说，在这一路上你并不是无辜者。讲扫兴点，整得“鞋儿破、帽儿破，哪有不平哪有我”，一路的跌倒，都是你把自己带坑里去的。

先来看连你自己都深觉“俗套”的剧情里，爱上的是怎样一位男主角。

上司：24盏灯全灭，再附送2盏按着玩。已婚生子：《非诚勿扰》都要启动紧急专项公关费用防止他登台了吧！你入行不久就带你去厦门出长差：厦门诶，睁眼是情侣，转角约到炮的地界。最关键的是，贵公司出长差竟然是到厦门，我只有四个字奉送：还招人吗？在这么雷人的条件下，你说他相貌平平但“精明强干”，和他共处同一空间“日久生情”，我发自肺腑问一句：你说的“干”和“日”究竟什么词性？

歌里是这样唱的：难以抗拒，哦～～～人最怕就是动了情。替你翻译一下：难以抗拒，哦～～～人最怕就是犯了贱。对一些男上司来说，女下属的不抗拒，无非是一场戏码的开始。对于天真又认真的女下属，往往就成了杯具的发端。

不出意外，你们之间的剧本也不过是白领豪华典藏版的“一枝红杏出墙来”。“在下属面前很有威严”的他“对你特别温柔”，终于在一天深夜，他借酒向你表白，惹得你“又惊又喜”，方才暗暗发誓“要将这段和已婚人士的感情扼杀在摇篮里”，他又选择性失忆，继续演回上司与下属的角色。然后，暧昧纷至沓来……写到这里，天边飘来一缕余音：“我仿佛看见，一出悲剧正上演，剧终没有喜悦，我仍然躲在你的梦里面。”

在“无数次挣扎于要不要做小三”之后，你“决定任性一次”，开始一段“总是相约宵夜或深夜散步的、朋友不见、同事回避、爹娘不语、见光即死”的地下情。在这样逼仄的可能性里，你说出一句让我费尽九牛二虎之力才托住下巴的话：“我发现自己确实很爱他。”这么不挑剔的好姑娘，爱谁不是爱啊！除了“真爱无敌”四个大字，还能说什么呢！

既然今次专栏已经快成为流行歌曲联唱，再倾情奉送一首不太知名的神曲。这首歌的名字就叫《小三》。它的MV悉数自电视剧《蜗居》，副歌部分是：终于你做了别人的小三，我也知道那不是因为爱。

天真纯情如你竟然为爱做小三，只能打个比方给你听了。他是饱含工业明胶成分的皮鞋，你却当成养颜养胃的老酸奶来宝贝。网友早就说了：上得了厅堂，下得了厨房，爬得了高山，涉得了水塘，制得成酸奶，压得成胶囊。即便你再爱他，皮鞋很忙的好吗？

情势这般明朗，你却说自己“不知道爱他什么，偏偏就是爱得不可自拔，爱得背弃了自己信守的道德底线”，我们不妨来谈一下爱。

每个人都有资格宣誓自己的爱是盲目的，不惜代价的，独一无二的。但这种调子再高再永垂不朽，骗得了别人也骗不了自己。所谓爱，必定是理性的选择，而非放任情绪、一味享受旁人对你的甜言蜜语温柔言行。举个例子，岳不群瞒了一众人，自以为“引刀成一快，不负中年头”就能成为武林至尊，结果别人告知，他的这本《辟邪剑谱》made in China，如真包换，你能理解他的悔恨吗？说实在的我不能，但看了你的案例后我慢慢有点理解了。如果你不能辨析什么人该爱,什么人抵死不能投注感情,爱对于你一定是一种危险的愉悦。

爱不是放任乃至无条件牺牲。未有名目,甚至连眉目都没有,稍受些撩拨就难以自持,实在是情商欠奉的表现。

你的问题是,爱情对于你就是失灵的水龙头,开关不由自主。如果他不是已婚人士,但玩心依旧、戏码照演,和你在一起就意味着幸福吗?也许在他对别人展开追逐的时候,扣上"性格不合"帽子的就是天真的你了。所谓道德底线,根本不是问题的关键。真正的核心在于,你是否明白爱和喜欢的差别,能否把自己的情感有理有利有节地投注到合适的人身上。这是一门艺术,讲究说学逗唱,而不是脱鞋就上。

情难自禁是幸福的事,但搞到失禁就有损体面了。成年人理应对自己的身体和情绪负责,感情也一定是张弛有度才好。作为女生,把自己当萝莉,竟日一副坐在地上扭动撒娇的神态,连厉鬼都会被吓跑。以为熬粥煮饭就是对人好,把男友或老公当儿子来养,等儿子长大了,一定会给你找个儿媳妇回来。

这位姑娘,与其为了不值当的人痛苦,不如好好反省自己一路犯的错误,不要年纪轻轻,就步入失禁者的行列。

# 谈金钱就没真爱，逻辑也是蛮拼的

傅老师：

你好！ 今天给你写信，特别想问一个最近十分困扰的问题：我想找个一起奋斗的而不是坐享其成的女朋友，究竟有什么错？

我今年25岁，名校本科毕业，在IT公司做客户经理，收入算是稳定。我有一个创业的梦想，相信自己未来一定能成为成功人士（我在学校里就做过很多项目，积累了经验）。

和身边一些贪玩的男人不一样，我一直深信男人应“先成家、后立业”，所以这两年一直在相亲，希望能找到那个“她”。我自认为要求不高，理想中的“她”是一个乖巧的女生，勤俭持家，知书达理。可是，现实却是，我一直

带你挣钱带你飞，带你脑补到天黑

都找不到。现在好多女孩太“物质”，平时开销大，日日光月月光，没见几次就打听房子车子（这些我还没有，但将来一定会有）。听她们平时的业余生活就知道，这些人我现在“养”不起，将来也不想“养”。

最近和朋友聊天谈起这个话题，他劝我先好好奋斗事业，30岁之后再结婚也不迟。但是我觉得一旦到了事业有成的年纪，要遇到真心相爱的人的概率，可以说几乎为零，谁知道是不是冲着我的钱来呢？可能我内心深处还是对爱情有天真的幻想吧，想找个真爱一起同甘共苦，而不是找个拜金小姐回来供养着。

朋友说我的想法太离谱了，我不知道哪里离谱了？傅老师你说呢？

三好青年 W

亲爱的 W：

你好！

从你的言谈和落款，不难发现你迷人的自信，这和你的逻辑一样，是体育老师抵死也教不出来的。除了“用飘柔，就是这么自信”，暂时难以为你在自我洗脑领域的自学成才找到合理解释。

如果我是留几手“心灵版”，我会这样对你说：寻常人家一乖宝，自信无敌寻佳好。空怀一身致富梦，便思挥金找“月嫂”。人家叫彦宏，你叫眼红，人家叫陈天桥，你不想着实干成天瞧。还买不起冈本就想着杜蕾斯酷炫金装海天盛宴特供版，人家睡觉数绵羊你数一毛两毛三毛吧？说什么“先成家，后立业”，这是先成家，后造业好吗！负分，滚粗！

但因为素信平和，还是用温柔的方式骂醒你吧。

按说你“名校本科毕业，25岁做到IT客户经理，收入算是稳定”，基本也告别屌丝了。可比起一个月入2 000，约会能去吃原味鸡的拮据男，你弱爆了。

看你的关键词，“奋斗”、“梦想”，我相信你是真的心怀热忱，而不是为成功学欺罔瞒骗。但你对同龄女青年的框限，诸如“坐享其成”、“物质”、“拜金”，反过来映衬出自己的抠门和不成熟。这样的创业者恐怕很难成功，再大的梦想也只是镜花水月。

所谓“先成家，后立业”，其实是古人的说辞。那时候父母之命媒妁之言，红盖头一掀，王熙凤算你修来的福气，罗玉凤你也不能无故休妻。说到底，也就是个仪式。你大概忘了，成了家来立了业，多少男人找小妾？

现代社会，且不说“先成家，后立业”，你就算来个“先成家，后置业”，看丈母娘拿不拿电视机遥控器扔死你？形势比人强，安家成本日渐高企，你硬要人家看中你的“潜力”，让乖巧女生为你持家，是不是有点“梦想传销私人订制”骗个妹纸再说的意思？

现在的女生，拜物有之，虚荣有时。但就我所见，多数都能将物欲控制在合理的范围内。人家十年寒窗高校毕业，工资稳定生活体面，每几个月想买几件名牌入几个包怎么了？这也是她们的梦想啊。你坚持相了两年多的亲（而不是去追求梦想），却没有遇到一个合适的，就因为你总希望别人放弃自己的需求，来为你的梦想和前途服务。

知书达理又勤俭持家（对相貌还有一定要求吧，虽然你没说起）的适龄女青年来做你成功路上的“糟糠之妻”。亲爱的少年，我都要被你气哭了，你知道现在光月嫂一个月多少钱吗？

没见几次面，打听车子房子，确实有失教养。但如果女生想一路走下去，这些都是应当了解的现实。你始终抱着“现在没有，将来一定会有”的态度，是你的自由。相信与否，也是别人的权利吧。不要用自己的需求绑架别人的生活，哪怕再亲近的人，这都是一种精神压迫。

根本而言，你的问题是将金钱和爱情对立起来了。好的感情，是物质精神不可偏废的。我们都是俗世中人，力求心怀良善，努力付出，勇于承担，不外如此。如果一个女生和你在一起，为了你的梦想一下子拉低了生活质量，心存障碍不难理解吧？假使你能找到理想中的“圣女”，并不因为你目标正确，只不过是中了中福在线“极品成对出现”双色球而已。

拜金不好，但金钱确实能在一个较低的层面上，抵御生活中的风险，保障人的自由。不妨想一下，如果你手边有了足够的钱，包包手表都不是问题，你还会嫌女孩物质吗？如果还嫌，建议去看心理医生。

我喜欢有梦想的人，更尊敬能为梦想吃苦的人。但吃苦不能要求别人连坐。你朋友说得很对，先奋斗，再成家，这是当下普通人的进阶法则。害怕金钱搅乱了感情，本质是你的内心还太虚弱。担心有钱了再也找不到真爱，更是无极限的 YY。金钱不是真爱的天敌，自我才是。

要实在纠结，不如这样吧，等你有钱了，又害怕女生因为你的钱看上你的人，不妨把钱存在我这里。待你找到真爱，定当如数奉还。

祝早日清醒，理性追梦。

# 驯化心中的野兽，做爱情里的大猫

亲爱的傅老丝：

作为一个今年本命年的妹纸，有一段 very long very long 的感情经历（有多长呢？ 大概你们在初中时候被男孩扯小辫儿的时候，我就和他好了）。 是的，你没有看错，掰掰手指头算算，7 年之痒都快来第二次了。

在一路懵懂又纯情的少年情怀下，在高中老师跟防贼似的探照灯严密监视下，我俩中间还各自劈过一次腿儿，是的，在高中时候，腿儿劈得真长啊大约持续了一年，完了我们俩就像什么事儿也没发生过一样，又在一起了。

就这么着吵吵闹闹上了大学，俩人就在对门的两所大学里学着相似的专业，过着和所有情侣一样的逛街吃饭一块儿上课临考抱佛脚的生活，觉得嗯，这大概要成为生活的常态了，这男人，大概真是上辈子欠他的这辈子甩也甩不掉了。

但是，临毕业前又发生了一件比较严重的事儿——他又劈腿了！ 甚至领着小三上门见家长一度打算毕婚来着，楼主哭也哭了闹也闹了，上吊这事儿我干不来，于是异常冷静打算拜拜。 男友他妈这时候粉墨登场了，非常强势地将小三扫地出门，并领着儿子上我家并跟我保证只认这一个媳妇儿。

So 现状是我们又无耻地在一块了，但是工作了嘛，有更现实的问题啦：楼主在一家企业坐着朝九晚五小白领，日子将将过得去，存俩月钱够买个包那种；男主呢开过淘宝店开过奶茶铺不过都没有然后了，目前在家人安排下去了一家小公司，每月拿着不到 4k 的收入。

期间双方父母都知道了彼此的存在。 我心里暗搓搓地想，大概没什么花头好搞了，世界终于要消停了。 他妈妈还张罗着准备让我们今年或者明年办事儿，难道就要酱紫把以后的人生都定了吗?！ 显然不甘心啊，可是这么多年的准已婚身份，让我都不记得恋爱要怎么谈了。

所以啊傅老丝，你说我是要分手呢还是分手呢还是分手呢?

头昏脑涨歪小姐

歪小姐：

生活中总有一种情侣，是你一见到就忍不住要送上祝福的：恭祝白头偕老永结同心不要去祸害其他人了。看了你的来信，我的内心又升腾起这种“善念”。别再分手了，你们就是为彼此而生的，这么登对的再到哪里找？

有一种行为，普通青年叫搞外遇，二逼青年叫轧姘头，文艺青年叫安娜·卡列尼娜。搁你们这儿，哪里还算得上劈腿，直接叫跨栏得了。看这年限、频率、方式的多样化程度，绝对可以分为110米栏、400米栏和铁人三项齐头并进。不管是跨是钻，你们在赛道上一路飞驰，任谁都拉不住。作为旁观者，唯一能做的就是提醒一句，步子迈得太大，容易扯着蛋。

说真的，虽然一贯抱持宽容的态度，但看你们这一段段分分合合的狗血经历，真想给你们专门开发一款360爱情卫士，就设俩功能，分别叫：情商上环、智商上锁。如果搞成了，也算是圈养起两头爱情的猛兽，为天下人造福。

写情感专栏到现在，从来没在看完一篇素材后感到如此深邃的绝望：说啥都没用，有一天过一天吧。那句说滥了的“好累，感觉不会再爱了”，就这么真真切切地发生在眼前，叫人避之不及。

不过为尽职尽责计，还是简单说几句。乍看之下，你们属于旷世真爱，经历了那么多波折最终仍旧在一起。但反过来说，也正是情智双商侧漏的程度互相匹配，让你们始终保持着目光的平视。其余那些俯仰之间的正常人，早已被你们略过，或者从你们身边逃开，为数不多曾和你们相爱的，最终也被你们的神节奏打败。

即便这样，对于已然来临的稳定状态，你还有着不甘的念头和分手的冲动。相信于你男友，也是一样。并不是你们不爱对方，只是爱自己太盛，任由极度自我型人格膨胀，活在密闭的玻璃盒子里，对旁人的眼光不管不顾、无动于衷。放电影里，你可以说这是Love me if you dare，在生活中，爱谁谁、爱咋咋的劲头，找不到半点值得赞许的地方。

人毕竟有社会属性，很多生活中的关系，都将有意无意左右感情的走向。你大可以说恋爱是两个人的事，只要彼此开心就好。但当恋爱向深处推进，就不是你侬我侬远走天涯那般简单。它可能牵涉到朋友圈的融合，父母的意见，家庭的打磨等等。意气太盛的青春期，可以始终故我，罔顾他人的目光，反叛一切既定的规则。但这些“自由”都有着相应的代价，出来混，迟早有还的一天。

每个人的内心都潜伏着野兽，任由它策马奔腾纵横驰骋，必然会导致欲望的野蛮生长。爱情之必要，就在于人在彼此的付出与获取中，能体味成长、完善人格，达到理性与感性的平衡。在这个过程里，心中的野兽也会不断驯化。要找一时的伴侣真的不难，难就难在要学习爱的能力，并借此能力去在茫茫人海中发现一生的旅伴。如果没有成长，再绚烂的感情，也会走向厌倦。

抽象地说，成长和爱情的次数真的不是正相关关系。很多人迷醉于恋爱的新鲜与甜蜜，却不愿在日趋庸常和平凡里改变自己、体谅对方。在他们的世界里，恋爱不是生动的相处，而是一场养成游戏，还要频繁使用 save/load 大法，保持最激动人心的部分得以循环播放。

可现实的爱情法则却是，只有懂得付出，知道取舍，明白尺度，才会进入下一阶段。爱要放轻松，但也并不是儿戏。像你们这么反反复复地折腾，最后伤害的还是自己。

相贱时难惜亦难，年轻人，可长点心吧。

# 儿时少看言情戏，大江大海骗了你

踢踢：

你好。

在 V day 过后给您写这样一封信是因为我刚刚经历了又一个明知不该有所期待的日子，在第 100 次产生把那个人拖入黑名单、坚决不接电话不回短信的念头闪过以后，我还是不知道该如何做。

当在彼此认识了一年且多次单独见面甚至于，you know，除了最重要的那一步，他却始终没有给我们这段关系以任何名分，我问过，但得到的答案是“顺其自然”，这是不是意味着他只是想玩玩?

OK，不知道踢踢有没有看过 *He's Just Not That Into You* 这部电影或者是书，可以说通过这种辩证法或者逻辑推理或者等等的蛛丝马迹，我可以很负责任地告诉自己，he's just not that into me。但是，我却依旧迷恋着这样一个 asshole。

我依旧关注他的一举一动，关注他的微博，关注他 V day 深夜始终没有亮过的头像。空虚寂寞冷的时候还要拼命抑制住自己给他发消息的冲动，因为如果我发了他不回我会很难过，而这种事情发生过不止一次，于是我再也没有主动给他发过消息。

听过我故事的朋友没有一个不叫我终止和他的电话、聊天 or 见面，但我还是很容易心软，特别在他说“miss you”的时候心里还是小鹿乱撞。朋友说放不下一段感情的主要有两个原因，一个是“时间不够长”，另外一个是“新欢不够好”。我不是没有尝试过去喜欢和欣赏别的男生，但是却没有成功。

如果相信里藏着一个谎言，影视剧里就藏着成千上万个

我认识他即将满一年，我曾以认识的一年之期作为 deadline，但我觉得到最后我还是不忍心不接他的电话。

我该怎么办，How can I get rid of him and move on?

永远不懂得说 NO 的 X 小姐

亲爱的 X 小姐：

你好！

马丁·路德·金有一个梦想。他梦想有一天，在佐治亚的红山上，昔日奴隶的儿子能够和昔日奴隶主的儿子坐在一起，共叙兄弟情谊。我也有一个梦想，比他的更普世更恢弘。我梦想有一天，在华灯初上的新天地，昔日的纯爱女能够和昔日的三不男坐在一起，大耳刮子抽丫的。

所谓“三不男”，当然就是不主动，不拒绝，不负责。我甚至幻想着每个终于心智成熟的昔日纯爱女，后背上笼罩着北京的金山上才有的光辉，对着当年为之神伤的“三不男”高喊：“你个死贱人，滚球！”

谈完梦想许完愿，咱们切入正题。

首先要告诉你一个好消息，你并不孤单。你所遇到的问题，同样困扰着很多男男女女。这种数以千百万计的社会现象背后，是一条亘古不变的真理：如果用一个字来概括人这种生物，一定非“贱”莫属。

无数现实的虚拟的感情故事都告诉我们，好人永远是炮灰，贱人永远是真爱。但还是有很多男女，尤其少女，本着一颗驿动的骚年之心，情愿或不情愿地说着一句话：那怎么办，我就是喜欢他/她。

从你的来信中，我读到了理智和情感的搏斗。“明知不该有所期待”，“依旧关注他的一举一动，关注他的微博，关注他情人节深夜始终没有亮过的头像”。或许这样说更合适，在这段感情里，你种种明知不济还要做出的挣扎，更多是陷入了自我营造的感情想象。

换句话说，你爱着自己想象中的他，还爱得无法自拔。所以在接下去大篇幅吐槽之前，还是再鼓励你一句，其实这位炮灰少女，相较你的“三不男”，你才是纯爱的化身。人都犯过贱，重要的点在于，大多数人都不是贱人。

下面是见证吐槽的时刻。

你问我有没有看过 *He's Just Not That Into You*，当然看过，而且还是第一时间看的。当初我甚至以为这是斯佳丽女神演艺生涯向爱情动作片转向的里程碑，因为我私自把电影名称翻译成了“他不是那样进入你的”。

关于你们的进展，你提到“除了最重要的一步”。虽然成年人完全可以对自己的一切负责了，但这份重视之意，足见你是端庄持重的好姑娘。但你的“三不男”呢，嘴都亲过了还说是“顺其自然”，关于那个“暧昧”的段子你应该听过吧。同样是想日，一个假装有爱，一个假装有未来。何况你们还牵起手儿荡起双桨把一段暧昧搞得那么大。

我甚至能想到他内心有一个小人在边哼唱边舞动，那句唱词就叫做“你说过牵了手就算约定，但亲爱的那并不是爱情”。这位纯爱女，短信说“miss you”就“小鹿乱撞”，你不如改个日本名叫“小鹿纯子”啊。

不知你有没有发现，在来信中，每谈到自己的境遇，就充满纠结。而谈到他的种种，又有一种心软的意思，脸上仿佛带着一种“你若安好，便是晴天”的表情。明知道他是“玩玩”，还爱得如此纯粹，真是被偶像剧惯坏了吧。真希望有一天你再给我回信，说到“三不男”的时候，脸上的表情写着“你若安好，便是晴天霹雳”，那真是我此生最大的慰藉之一了。

有太多男女就像你就像我，年纪轻轻开始拍拖，纯纯的爱或是天雷地火。

在不曾了然自己、对别人又知之甚少的时候，你就一厢情愿地付出了感情。同时，因为付出的感情生出了期待，不经意地，你又常回避他对你的不上心，放大了某些时刻的温存，直到他和你心里的他成了截然不同的两个人。

到了这时候，你痛苦地发现，自己对不该爱或者不值得爱的人投注了如此多的感情，要做一个决断，已面临诸多不忍。这种心态和中国股民不断套牢割肉再套牢再割肉是多么神似啊。

你说认识他"即将满一年"，"曾以认识的一年之期作为 deadline"。这又是典型的纯爱女才会做的事情。想必你也明白，这种决意无非是给自己找个台阶，真正在乎你的男生不需要你等。不在乎你的，等也等不到。

所谓慧剑斩情丝，本是延宕不起当断则断的事，不要给自己任何心理暗示，什么"我等你，半年为期，逾期就狠狠把你忘记"，真是流行歌曲听多了。你看刘若英阿姨，曾经的海枯石烂山盟海誓到头来还不是以大龄新娘宣告收尾？

太多纯爱女都是中了偶像剧和流行歌曲的毒，融入了眼高手低的群体。明明不会爱，不懂爱，却希望自己的爱独一无二，天地可鉴。可现实是，即便紫薇不嫌弃尔康的大鼻孔，如果没有尔泰替哥哥顶缸入赘西域，什么山无棱天地合都是扯淡。

爱情不止是浪漫，大江大海骗了你。当你真正明白并接受这些的时候，也许也就做好了谈情说爱的心理准备。

你问我，怎么"get rid of him and move on"，虽然历来以"劝合不劝离"为宗旨，但真心实意地说，这样的关系，僵持越久越痛苦。药方在于，不要把对爱的希望放在别人身上。

旁人对你再好，也朝不保夕。也许一场疾病，一场意外，在手的东西都会变成虚妄。何况你遇到的那位，还没有真心对你。不要指望别人单方面爱你，要和值得你爱的人互动，达成一种良性的默契。

你朋友说放不下一段感情的原因我都同意，但还要补充的是，如果你自己不曾明了，未下决断，那时间再长也是徒增自扰。而在失当的心态和情绪下，"新欢"再好，也不及"旧爱"动人。你说"不是没有尝试过去喜欢和欣赏别的男生，但是却没有成功"，那是因为，一个还残留硫酸的容器，硬要去装水，结果当然是被吸干。

爱当然是感觉，但远未竟于此。爱是调整，是磨合，是忍耐，是责任，是万千气象。我对你的建议是，下再大的决心，也要忍过这一段感情的伤害，牢记此间的教训，心胸开阔地去接受更多的人事。此刻不能割舍，到下一刻会更痛。不要贪恋一时的心动，就忘了可能预伏的危险，玫瑰终会枯萎，但刺却常在。

虽然不中听，但多相靠谱的亲，少看不靠谱的电视剧，是你当前能做的最切近的事。自己足够坚强、独立，拥有一颗明智而勇敢的心，你会发现，其实你的身边，早已出现了那个他。

碰不到对的人，是因为改不掉错的自己。你以为这话是随便说说的？里边有多少劳动人民的血泪啊！

# 敢问爱在何方，爱在脚下

傅踢踢：

你好！

我今天想说的并非具体的个人情感故事，而是“感觉不会再爱了”的心理状态啊哈哈。这句被广泛引用的话，其实背后多少有些心酸啊。

本人刚过第二个本命年，算起来也是初级剩斗士了。单身的状态持续了三年半，从没出息地一直惦念着 ex，到陷入了“觉得自己好了”以及“可是对方一主动就不能自制地重蹈覆辙”这样的恶性循环，到现在终于可以渐渐云淡风轻。我很感激这三年多一个人的时间，可以让我安心地读了一些书做了一些事，在一件件无人依靠的小事里学会了独立坚强。虽然偶尔，还是会有“过去汹涌而来”的时刻，还是会有“未来说不定还是可以在一起”的幻想，但每一次也总算可以倚赖自己平复心情。

可是与此同时，我越来越不明白何为喜欢一个人的感觉。

这三年半里，身边也的确出现过很靠谱的男生。可或许是自以为的理智所致，我在没有确定自己心情前，没有办法允许自己给对方丝毫机会，甚至在对方企图示好的每一次都将冷漠表现到了极致（摩羯女情商低请原谅 T_T）。直到回头看才意识到，我试图弄清自己感觉的一个又一个月，是对方踏踏实实不求回报般付出的 365 天。

然后我想，是因为自己不够喜欢吧，所以才无法答应任何一段感情。可其实我也明白啊，一段感情的开始怎么可能就很喜欢对方呢？尤其是如果会拿来和 ex 对比的话。两个决定在一起的人或许只是抓住了某个心动的瞬间，接着再在日后共同经营和呵护吧？

可我又是那么相信时间的人。我好像都不会凭借一瞬间的“flipped”就认可自己的感觉。

虽然是木讷的土象星座，可我始终相信爱情啊，始终感动于世界上无数白头偕老的美好故事。只是在日复一日地等待对的人出现的时光里，越来越无法乐观地相信自己是被老天眷顾的能够遇到爱情的人。离研究生毕业还有三个月，我本不是很擅长交际的人，所以想必工作后的相亲是无法逃脱的。我无比希望婚姻是建立在稳固的感情基础之上而非追赶在迫切的时间里，我希望自己可以永远不妥协将就。可是请问，究竟要怎样才能始终保持相信，正确先生正在迎面走向我呢?

壹贰叁

亲爱的壹贰叁：

感谢你的来信。看得出，你对感情有很清晰的判断，唯一的疑惑大概是路在何方。我觉得本质上，这关乎对感情的态度。

你说历经波折之后，仍旧感动于世界上白头偕老的爱情故事。那许是因为被白头偕老的结尾触动，脑补了其中的浪漫情节。珍爱一生是有的，但毫无龃龉的真爱，大概只在相亲网站才能看到。

童话里总说，王子公主从此在一起，度过了幸福的一生。可现实却告诉我们，所谓光阴的故事，就是王子为生活所扰，长出肚腩酗酒无度，公主终日照顾孩子，变成琐事缠身的黄脸婆。最后他们本着最初的爱意，躲过了真假离婚，熬过了住房难，上到了京牌沪牌，喝上了放心奶，却都已成衰朽残年，你也不嫌我变身包租婆，我也不嫌你成了抠脚汉，就这么白头偕老。

这当然是极端的例子，但在爱里，确实有很多不愿直面的东西。我们总拿理想爱情作为参照，再去现实中寻找完美的投影，这种努力必然以失败告终。

世间若有完美的爱，你和 ex 定是一见钟情，眼神交汇的火花如火星撞地球，此后的恋爱道路浪漫无匹，没有矛盾，也不会分手，分手了也不致纠缠，纠缠了也迅即复合。可惜你们之间上演的却是常规戏码，剧本的名字叫《害怕孤单》。

此后你试着通过理智接纳一些靠谱的人，但感情上却过不了自己这关，还拿和 ex 的经历对比，期待有心动的瞬间。不怕说句暴露年龄的话，《心跳回忆》玩多了吧？

因为年齿日增，你开始担心，自己身上的剧情会从《恋人未满》到《浪漫满屋》再到《百里挑一》，甚至演变成《新老娘舅》，所以对相亲的“宿命”，既抵触又担心。同时，你又要寻找一些暗示，希望自己相信，“正确先生正在迎面走向”你。

发现了吗？你始终在等待，却从未真正主动地改变自己。孤单的时候，你放任感性增长，当断未断。现实的情境，你听凭浪漫作祟，不愿给自己和他人机会。

感性和浪漫当然是必不可少的部分，但把这些作为先决条件，招来的必定是“老吃老做”人群，好一点叫道明寺，怂一点叫李天一。如果你没有过人的容貌身材，恐怕连“招蜂引蝶”的概率都很低。

刘瑜说，自我是一个深渊，爱也无法填补。如果连自己都没有准备好，期望的爱情必定为自我的黑洞吞噬。

你问我的看法，其实很简单。合宜的爱情，一定是两个独立成熟的人，彼此依赖，又不拖累。在成为合格的爱人之前，也会经历爱情的甜蜜与酸涩，但这些都是上天的赠予，珍惜真意，吸取教训即好。把自己放开，去感受更多的诚意，去分辨更真实的爱，试着在爱里完善自己。

一个人的时候，也不要因为害怕孤单滋生依恋、怀念的情绪。试着过好现有的生活，让自己变得更为独立、有趣。当你发生变化的时候，对另一半的需求也会随之改观。这时候，也许你会发现，正确先生已经出现在你身边。

切记，感情只是生活的一部分。做独立的人，过有趣的生活，永远是正确的前提。不要让情感限定自己的生活半径。

你希望自己“可以永远不妥协将就”，这很困难。但我力挺你的本心，也希望你能勇敢面对现实，在营营役役的环境里，做一个特别的人。不必像数羊一样碎碎念“爱我的人什么时候出现什么时候出现什么时候出现”，先做更好的自己，遇到可以一试的人，且放手去爱。

你才过了第二个本命年，还有大把光阴用来折腾和成长。86 版《西游记》的主题歌这样唱：“你操着蛋，我欠着骂，迎来日出，送走晚霞。”爱情不过就这样。

敢问爱在何方，爱在脚下。祝你成为更好的爱人。

# 离婚不是洪水猛兽，难道会咬你啊

亲爱的踢踢：

我喜欢上一个年纪比我大一点的人，由于认识的时候他已经 30 多了，质疑他是否结过婚，这很正常吧？ 但是当我开玩笑问他结婚没，他却回答我以后会知道的，请问，这算什么回答！

当然我有充分的证据可以确信他目前单身，但是我怀疑他当初这么说的原因是他或许结过婚，这种不坦白让我非常不爽。

另外对于万一他婚过这个可能的事实也让我非常不爽，正常的未出嫁的小姑娘应该也不会想着要和一个离过婚的男人在一起吧。

不过我觉得，如果真的很喜欢一个人，就算他结过婚，只要他现在对我好，我也是可以接受的，再说他当初是出于什么原因离婚，这点也非常重要吧。

然而最近我的一个朋友啊，她和一个男生交往了一段时间，大概也就 3 到 4 个月吧。 那个男生对她很好，各种体贴，也很登对，但有一天这个朋友突然跟我说，她觉得这个男的很恶心（注意这个形容词啊），我说怎么，她说他结过婚，我说为什么离婚，她说没问，总之不再理这个男的了。

关于那个男的是怎么跟她坦白他结过婚的，我如果还原一下对话应该是这样的（线上哦）：

男：我们聊聊你以前的感情经历吧。

女：好啊，不过要交换，你说你的我再说我的。

男：我结过婚。

然后就木有然后了。

一分钱难倒英雄汉，结婚证竖起万重山

我当时是觉得我的这个朋友反应太激烈了。我的另外一个男性朋友也说，其实这个男的已经挺坦白了。但是我朋友认为这个男生应该在当初一开始交往的时候就告诉她。

踢踢，你觉得应该怎么看待离过婚的人，我们应该如何去面对在感情中犯过错的人？

感觉很难正常看待婚过男的 N 小姐

亲爱的 N 小姐：

你好！

你说自己"很难正确看待婚过男"，我十二万分地同意。因为你的表现纯得如同一张不曾涂抹的铅画纸。即便你的来信里不曾明言，仍能感受到你对"离婚"二字的敌意。可姑娘你知道吗，如果把你放在荒郊野岭关个三天，铅画纸甚至连"看着生气，擦屁股太细"的工资条都不如。而你所鄙夷的离婚男，也许真是一张被污染的草纸，可关键时候人家顶用啊。话是糙了点，意思是明确的。

"正常的未出嫁的小姑娘应该也不会想着要和一个离过婚的男人在一起吧。"我赞同你的观点，但对"正常"二字持保留意见。如果说想要的生活有一百种，世上发生的事就一千零一夜都说不完。离婚的原因千变万化，借此就论定一个人，不免过于武断。

高中语文老师讲解《简·爱》时没教过你吗？骑白马的不一定是王子，他可能是唐僧。想离婚的不一定是变态，他可能是罗彻斯特先生。

确实，很多离婚是过早结婚考虑欠周导致的。试想一下，在我泱泱中华广袤的土地上，大量的三四线城市比邻而居。适龄男女度过了漫长的青春期，终于盼到了行为独立的曙光。可出门一看：电影院，排队；KTV，排队；上个厕所都要排队。你说漫漫长夜叫他们如何度过？这不就把有限的精力投入到无限的造人事业中去了嘛！

可小孩一降世，顿觉不合适。终于走上了离婚的道路，虽然欠负责，也是理性的结果。更多人的离婚，虽然讳莫如深，很大程度上也是内忧外患共同作用。人生没有顺风顺水，婚姻何来波澜不兴？离婚者只是比较不幸，没能一路走下去而已。

但我之所以赞同你的观点，因为离婚虽然可以体谅，但并不是感情中的小错误。有过已婚经验的同志，完全应当及时且毫无保留地交底，把离婚的前因后果来龙去脉向新任对象坦白，这点不应有任何疑问。可惜人的承受能力有多差，现实又有多复杂，哪里是三言两语就能冰释。所以离婚也就成了心中的魔障，不愿去悉心面对。

在凡俗的眼光里，每位离婚男女不仅上辈子是折翼的天使，现世的胸口还有一戳深紫色的“不合格”印章，警醒着21世纪无数的青年男女：离婚的人是可耻的。

可离婚未必等于热昏，比嫌恶更重要的是，弄清楚离婚是为了什么，有哪些现实影响，自己是否愿意面对相较未曾离婚多出来的压力。别忘了，关心别人是否离婚，至少说明你对他还有或多或少的兴趣。离婚只是一次房屋改建，我们却常将它视作非法强拆。

但在你的处境里，我完全站在你一边。理由是：你和你朋友遇到的，不论离婚与否，都不靠谱，而是“靠”，“没谱”。对他们来说，离婚本就是必须交代的事，却用“以后会知道的”或者拖延数月回应。不论是出于“谋定后动”还是打死也不说的动机，隐瞒离婚这种大事，都很难得到原谅。

你提到朋友和离婚男的线上对话，实在是一段生动的描写。我仿佛看见罡风吹散了热爱，卷起地上干枯的黄叶，两人岿然不动，有一种决战紫禁之巅的肃杀气氛。可惜主角不是西门吹雪和叶孤城，却换成了方舟子和罗玉凤。

你问我怎么看待离婚男，一言以蔽之：不是罪人，但要主动承认事实，勇于承担责任。对你来说，如果真的要接受一个离过婚的人，固然要相信感觉，也要对可能造成的现实问题有所准备，三思而后行。听听父母的意见，看看朋友的说法，都是可行的良策。

如果离婚男女始终王顾左右而言他，奉劝你及早收手，切勿投入感情。每个人对离婚有了完备的认知之后，才能根据自己的情况决定，所谓爱，能否支撑离婚带来的诸般困扰。否则就会像紫薇说的，一个破碎的我，如何拯救一个破碎的你呢？

多少我爱你，最后都成了对不起。多少对不起，最后也成了没关系。多少没关系，最后又成为谢谢你。在这一路上，离婚只是个不大不小的问题，不值得大书特书。你问怎么看待在感情中犯过错的人，可你怎知感情本身不是一个错误，而两个人在一起是将错就错呢？关键还是准备自己，相信可能，主动去寻找、拥抱那个对的人。无论男女，都是如此。

# 安全是个套，谁用谁知道

敬爱的傅老师：

见信好！

这注定是一封找抽的来信，因为我目前的状况实在就像是一只浸在蜜罐里的酸果子，周身包围着说不上万般但也有个七八分的宠爱，内心却不断泛酸，极度不安。

我并不是一个所谓的“叔控”，但是这的的确确就发生了。他的出现很突然，相熟也很突然，我在他面前的身份从一个小孩子转变为类似女朋友也很突然。之所以说类似是因为截至目前我们还没有就这感情下过定义，或许可以称之为有实无名？

当然，我如此说并非失落或怨念于“名分”这东西。我很清楚，婚姻这一光荣又艰巨的任务，他并不是陪我一同完成的最佳人选。但是坦白地说，好奇心永远是怂恿犯罪的源动力，何况叔身上的确有很吸引我的地方。于是，我再一次情不自禁地在错误的道路上越走越远。说错误似乎也不太公平，毕竟我从中得到了很多快乐，但是我深深明白，在这个能量守恒的世界中，欢愉都是伴随苦闷作为代价的。因为，我觉得丝丝的忧虑就一直缠绕着我，在每一次微笑的背后，在每一句深情的余音。

说了半天也没有说我到底在忧虑着什么。直抒胸臆地说，叔对我的认真程度我无法预测。对年轻男人还算是了解的我这次终于无法用经验打败对手。更糟糕的是，无论他对我是认真还是不认真都会让我幽幽地长太息以掩涕兮，哀此情之多艰。

可能一：他对我并不是认真投入感情，只不过是宠宠小女孩儿，新鲜刺激再青春，反正闲着也是闲着，况且这个姑娘懂事有趣大方得体，受过良好的家庭及高等教育。何乐不为呢？若是这样，那我就一下子轻松了，不过当然会有失落。因为这感情就彻底被定义为扯淡或者通俗点说——耍流氓。

可能二：他认真了！OMG，我一想到这个就有点怕怕的。忧国忧民之心就此萌动得不行。一个声音在心中回转，不能伤害叔，不能伤害叔！当然了。害怕的同时还会悄然膨胀一下，能被爱总是幸福的呀！

By the way 一下，按照近来流行的分类方法，我的叔属于文艺温和型。这比事业强势型、闷骚腹黑型和热血愤青型更容易唤起我这颗少女之心的温柔和母性。括号后两种纯傻逼括号完。

所以，我和叔目前发展得较为和缓，但是他偶尔冒出的温情暖语让我越来越感觉到上文提到的可能一应该是没什么可能，不过也说不准啊，段数高的人也许轻易就可以假乱真也说不定呢！我深深地觉得，以小人之心度君子之腹这用来抨击我自己再合适不过了。因为我自己这状态绝对称不上认真，从来都是根据对方的态度来决定接下来的回应，强烈的自我保护意识使得我没法做到“不想那么多，只要快乐就好”。可我的确快乐着啊，可我也真切地不安着啊。我更在犯贱着，是吗？

傅老师，我该如何是好哇！

Loli 小姐上

Loli 小姐：

你好！

看着你逻辑缜密抽丝剥茧排摸出“可能一”、“可能二”，我的内心泛出丝丝凄苦：如果推理有用的话，要情感专栏干嘛！虽说女生用上头思考，男生用下头思考，但思考太多不怕像柯南一样所到之处尽是灾难吗？大家混口饭吃都不容易，何必这么相互倾轧，女人何苦为难情感专栏作者不是吗？

咆哮完毕，容我整一整衣领，唱支山歌给你听：如果你没有安全感，把安全帽（tào）带上，信任是爱情最佳防护网。如你所知，这首歌字句浅白，道理却确凿。

你说自己是“浸在蜜罐里的酸果子”，内心“不断泛酸，极度不安”，可相比时下流行的“屌丝不哭，站起来撸”，你的不安是否略逊几筹？是不是“叔控”，在这个生物多样的时代，早就不是什么界限了。只要你不是“猫控”、“狗控”，就决计不会遭到不明觉厉的极端动保人士指控。再说了，人家“叔控”界的开山鼻祖翁帆老师都在爱的圣光里忘记了璀璨的老年斑，“的的确确发生”就发生了吧。

叔的出现和转变都很突然，而对叔的定位，你也心知肚明，以至于总结出“好奇心永远是怂恿犯罪的源动力”云云。法制类节目开播多年来未曾了然的秘密，被你一句就点破了！其实，好奇心也未必要为恶，你也可以去做调查记者不是吗？虽然调查记者的待遇和罪犯也并无二致。

可之后罗列的两个可能就让我看不懂了。叔要是不认真，你就轻松了。叔要是认真，你担心“不能伤害叔”，同时又膨胀在被爱的幸福里。要流氓的究竟是谁啊？你自己也明了，“状态绝对称不上认真”，可快乐和不安又都同时存在。你自己概括的“犯贱”，说到底就是又享受被爱，又不甘被调戏，又不愿担责任，于是就有了这惊世一问：在不确定的感情状态里，如何确保自己是安全的？

其实这个命题可以衍生出无数的疑问。他/她会不会背着我和别人私通款曲？他/她付出的为什么比我少，是不是他/她不够爱我？我对他/她那么好，他/她有一天不爱我了怎么办？对此我能想到的只有一句话：安全是个套，谁用谁知道。当你有感情是否安全这一问，其实也就陷入了圈套之中。

回到最理想化的状态，面对一个人，除了对方的外表、性格、兴趣乃至车房薪资等一应外在指标，当然还包括相互之间的感觉。除了“化学作用”这种难解的感受和“小鹿乱撞”之类纯爱的语言，必不可少的就是相信。无论是相信你们彼此相爱的可能性，还是相信两情相悦的事实，都是容不得杂质的。如果起初就心存太多疑虑，感情的路不会走得平坦。不信你朝着魔都人民公园方向，学着北岛大叔喊一声：我——不——相——信，一定会有回声说：鬼——才——相——信！

人这种生物，有疑虑是难免的，但将疑虑付诸行动，真的会有好结果吗？君不见爱翻老公/老婆手机短信的，八成会翻出点什么。怀疑男友和闺蜜私通款曲的，才走到闺蜜家楼下，老公的手机就自动连上了 wifi。人何必给自己找不快呢，喜欢一个人，就要喜欢他的全部，这是初中生都会说的话。

感情这东西，起初是你爱我的范思哲，我钟情你的香奈儿，最后还不是你也不嫌我口臭，我也不嫌你腋臭，熟悉万岁，理解万岁。这么说或许太悲观，换个积极的说法，我理解、相信并且愿包容，只要对方是对的人，一定会给予真心的付出和爱护。相信这一点，其他的疑虑，就让它～～～随风飘远～～～

国家已经那么多事了，咱就别给伟大祖国的饭荣娼盛添乱了成不？信与不信的起始，还不就是一句“我愿意”吗？愿意就放手去爱，有疑虑就谋定后动。锻炼好眼光，再做单纯的行动派，就是最好地为感情负责了。至于多出来的搅扰，天下本无事，后半句怎么说来着？

我还想唱首知名青春偶像 Twins 的歌，歌名就叫《安全感》：安全感会来，皆因坚信被爱。很傻很天真的阿娇都懂了，你怎么会不明白呢？千万别跌进自己设的安全“套”里。

# 爱情不是琼瑶剧，不必加排内心戏

亲爱的傅踢踢同学：

你好～

我是一个学文科的女生，年龄比你稍小，在女孩子最灿烂的年岁里，没有为自己留下太多丰厚的回忆，记忆里只有书前灯下，自己展卷翻页的残影。如今想来不无遗憾。

以前，我很排斥相亲，此次欣然接受，甚至还带着点期待，全是因为这个男生的职业。因为他的职业是我从小的梦想。

起初，QQ、微信和他聊天，出于好奇我主动谈及了很多关于职业的话题。聊别的话题时，也比较顺利。那段日子，他都会找我聊天，抱怨工作辛苦，我也乐于倾听，试图开解。就这样貌似一切顺利，他也颇有诚意地一再表示，忙完这阵子要请我吃饭。我清楚地记得自己是既兴奋又担心，兴奋的是他一直对他爸爸说我好优秀好优秀，听得介绍人一度非常担心我会看不上他；担心则是因为同样从介绍人处得知，他中秋节前还询问他爸爸，是否要给他已经分手了的前女友家送月饼，我当时一翻日历，发现中秋佳节就是两个星期之前的事，有鉴于时间近，他和前女友又是在双方父母见过面，都要结婚的情况下，为了一个在我听来有点说不过去的理由——因为女生口才太好，怕将来结婚了，家里有点什么事会说不过她，而分手了。我担心他们还会有纠缠。

敏感的我心里终究觉得不安，便自作聪明地去搜了他的微博来一看究竟，发现他们三四个月前还你侬我侬的，那个时候，我的担心加深了许多。

当我们决定要约出去见面的时候，他的态度变得没有之前热情了，言语间

有一股失落感。见面那天的情况，现在想来我觉得自己很不好，我恨死自己了，情商低到爆表了要～～

我比预先约定的时间早到了半小时，于是我像等老朋友那样，发了个消息给他，告诉他我到了，坐在哪个位置，好方便找我，并告诉他不急，慢慢来。我本意是想随意些，结果他的反应却是超级紧张，表露出的紧张和腼腆超乎我想象。

眼前人，气质稚嫩，模样俊秀，性格老实。我发现他端起杯子一连喝了三大口，放下杯子时，咖啡都快见底了，可能是想掩饰情绪，他还头也不抬地看着杯子低语了一句，这个杯子真大，怎么那么像个碗啊。我见状想打破尴尬的气氛，便开始找话题……我想找他最熟悉的话题，好让他有话说。他一一回答，还主动掏出手机给我看照片。然而这一切都是在他低着头，不敢看我的情况下完成的。偶尔偷看我一眼，与我目光交汇时，立马又低头了。就这样，气氛有点怪，他紧张，我也不自在，当时只觉得我气场好强大，他被压下去。

我也是素来内向的性格，此时装得话很多，自己也很别扭，所以和他的互动，我也显得很放不开，怕是让人家觉得我不够坦诚相待了吧。总之，感觉彼此聊得不在同一个节奏上。

分别前，我想我们聊不到一块去，可能彼此不会再联系了，便向他表示了谢意，他像小朋友一样的和我再见，还在临下电梯前，很腼腆地对我说，再联系。

就因为他那句再联系，换来了我之后的步步沦陷，直至万劫不复。自那以后，他主动来我的微信上赞过一次，却没再找我聊天，我越等越觉得不安，便将原委告诉表姐，她鼓励我可以主动联系他，再加之介绍人传话说，他父亲说我特别优秀，他儿子胆子小，情商低，不敢主动，所以鼓励我多联系他。从没追过男孩子的我，被鼓励着这么干了，他见我找他倒也很开心，我们说好一起再出去玩，他当即就开开心心答应了，还一口一个“哟西”。

之后，他和我聊天时而情绪很好，主动发各种照片给我看，时而又很伤感，不喜多言。情绪波动比较大，令我颇为困惑，最后在他前任的微博上，我找到了答案，原来是那个女生在我和他见面的前几天，被人求婚了，自己拍了照片传在微博上。我想他之后的情绪反应多少与此相关。

他对我的态度，也常常让我有点搞不清状况，他会为了去陪朋友离婚而推掉和我的约会，却又在下一次聊天中怪我，“自己不找我玩”。他也会发着烧，抽空陪我打台球。总之，当时心里充满了忐忑和疑惑，不知道他到底是什么意向。

就在我打算给他时间，等他走出上一段感情，慢慢发展的时候，有一天，他突然告诉我，最近看上了一个小姑娘，正在追求中……

那一刻我崩溃了，流着眼泪回复他说，那我不烦你就是了。

此后，他在微信上各种晒幸福，我实在忍不住了，只好把他的微信和QQ都删了。

事情走到这步，我问自己，他不喜欢我是因为嫌我长得不好看？我和他前女友的风格天壤之别，要是我变成她那样的，我们是不是就会在一起了？

或者，我们第一次见面那天我表现得好一点，少说点话，今天的结果是不是会不一样？

又或者，我之后不主动联系他了，干脆断掉，今天的伤害和耻辱是不是都能免了呢？

当初，我期待着自己会收获一段“心相印，志相通”的爱情，如今看来，只是一厢情愿而已。

我的工作状态和生活状态因为这件事开始变得萎靡不振，知情的好友们见状，纷纷劝我，“你和他是两个世界的人，就像两条不会有交点的平行线，别说你们今天没有好，就算你们在一起了，也不看好你们的”；“他不喜欢你的原因，不是因为你丑，你在才女里面算是好看的了，他要是嫌你丑就不会和你再约出去了，可能他更喜欢前女友那个类型的”；“你们断掉了只有好，你不会为他揪心了呀，不用再照顾他的情绪了呀，他幼稚不懂事，你现在不用带弟弟了呀，多好啊”。

朋友们的话都是好话，我领他们的情，试图改变自己。收拾好心情，出门旅游；买喜欢的音乐会门票，一个人去听；改变从不打扮的习惯，学着化淡妆……

但事情过去五个月了，我心里的遗憾和自责一直都在。亲友再给我介绍别的男生时，我的心情都很复杂，甚至有点无助和恐慌，不太乐意接受。虽然，我知道应该吸取教训，学着接受别人。可是，好难!

今天，之前的那位介绍人来我家了，跟我说，我当初应该藏着点，对人家的工作聊得太多太专业了，把他给吓到了，觉得我太优秀了。我听了之后，心里无穷痛感阵阵袭来，觉得自己真的错了，今天的局面都是自己造成的，躲在房间里哭了好久。

这个人的出现离开，好像一脚踢在我的命门上，把无限落寞留给了我，让我觉得世间再也找不到自己想要找的人了，不知道如何是好。

傅踢踢同学，我该怎么办？你能给我建议吗?

雪儿

亲爱的雪儿：

你好!

据说小李子为了一座小金人，近来演戏风格已近乎歇斯底里，但他这么拼，奥斯卡还是没理会他。至于景涛大帝，每到情绪激动的时刻，就开始咆哮，相传还有情不自禁拿烟头戳手心的壮举。但说到演技，他是反义词。无论是加州好莱坞还是浙江横店，不会演内心戏，身价难免厂家直降。

可对普通人来说，也许恰恰相反。千万别信奉什么人生如戏、互飙演技的厚黑学。太多的旁白和内心戏，反倒会造成无边的困扰。

尤其在感情里，我猜我猜我猜猜猜，不如敞开沟通有效。每句话每个字拿来条分缕析，也只是幼稚的表现。想太多，难免进退失据。战战兢兢，如临深渊，如履薄冰，自然容易把关系搞复杂。一句话：爱情不是琼瑶剧，不必太多内心戏。

回到你的状况。往好里想，你遇到了一个软弱不自知的小男生，在各种选择和诱惑之间摇摆不定。往坏里说，你在他的心里从头到尾都没那么重要，只是一个潜在的发展对象而已。如果你不能接受备胎这个说法的话。

虽然你朋友的劝说看起来像极了在黑你，毕竟旁观者清。如果按照你的描述，即便在一起，也未必会有很好的结果。尤其他纠结、怯懦、不善表达，你又这般心思细腻，一句话都恨不得掰扯成两段来做阅读分析。

问题的关键，还在你自己。

我身边也有不少朋友和你一样，将恋爱成功转化成一个人的战争。甚至约会之前，他/她就开始辗转难眠，“连见面时的呼吸都曾反复练习”。一般而言，他们会如实地保存彼此的各种通讯记录，无论文字、语音，都要反复咀嚼，唯恐漏掉一星半点的弦外之音。相见时的诸多小动作和表情，都会通过眼睛拍下来，记入大脑内存，回家再驱动心灵处理器，试图分析出个中的“源代码”。可结局其实都明了，无非是自说自话。很多时候，他们还会找身边的朋友问：“这条短信想说什么？那句话有没有别的意思？”直到旁人都不堪其扰，方才作罢，回到一己的小黑屋，继续琢磨。

但往往是这些心思绵密的男生女生，私底下瞻之在前忽焉在后，两个人相处时却迟钝乃至木然。或许是不知所措，或许是羞怯难言，状态紧绷再寻常不过。也有一些人，刻意摆出无所谓的姿态，乍看将场面照顾得很好，实际却是为了掩饰心虚与尴尬。

内心戏多得像伍尔夫，演出来却像清道夫。想太多却不懂得表达，没把握偏要患得患失。说到底，是感情没有分寸。

爱情里的分寸感，倒不仅仅是相处时尽量照顾彼此的感受，独处时不致有过分的黏稠。更多时候，它表现为一种自觉：有疑问处，及时表达、沟通。未能解惑的，适当放下，不再多虑。在钟情的对象面前，大可不必百般掩饰，做最真实的自己，而非自己的形象大使。遇见无感的人，也不必甩脸子，尽可能地与人为善。

某种程度上，分寸感没有痴心苦恋那么令人唏嘘，也不似狗血剧情天雷地火。但高手过招，也都是内在修为的比拼，哪里会着相露迹。成熟爱人的标志，或许就是这点分寸感。说玄一点，喜怒不形于色，心口如一。合拍，就有下一步的接触，不适当，也权作一段因缘。

最忌讳的是欲言而不言，结果给自己施加太多压力，生出很多莫须有的错觉，生生憋出内伤。爱情的事，少想能得到什么，多思考能付出哪些，心态会更自如一些。得自由，便有分寸。

多少爱情的 action，都止于内心的 NG

你问我的建议，自然是放空。不仅是擦拭这一段经历留下的痕迹，更要紧的是改变自己对感情的处理方式，不要再惴惴不安地痴缠于每一个细节。相信自己，也相信命运。删掉一些内心戏，分寸感自然会强一些。

我未见一个有分寸的人不得幸福。只不过幸福的呈现方式千差万别而已。

# 输了爱情，门当户对又如何

傅老师：

其实呢，我目前木有女朋友，只不过觉得随着年龄的增长，变得愈来愈现实，考虑的事情愈来愈多。碰到的相亲对象虽然不多，但见微知著，想着现在的大龄青年各有各的问题。

家庭背景要考虑吧？谁也别说相信爱情，有劳改家史的你敢要吗？长相要考虑吧？这个不必说。年龄要考虑吧？30的女孩子，谈个一二年还生得出娃来吗？即便可以生，年纪大了，精力也跟不上了……现在生活压力这么大，工作强度这么高，年纪大了生娃再回来工作，你还跟得上吗？工作要考虑吧？保姆端盘子的你要吗亲？很多女生表示必须江浙沪包邮，不愿把钱交给祖国铁路事业。

有个女生跟我说，你是列着清单找产品吗？我心想尼玛我月薪2 000你跟我吗？谁也别说谁挑。

言归正传，我只想自己的家庭生活正常一点，两个人都能正常下班。话说天天加班谁受得了。晚上9、10点钟到家，除了吃饭睡觉洗澡你还能干点啥？细思恐极啊。这家需要你吗？你这不是拉低别人的生活质量吗？买菜做饭照顾小孩，又当爹又当妈的，还不能出轨，不如单身爽。夫妻平等，共同承担家庭责任这是最基本的道理吧。谁也不应该成为别人的负资产对吧？

当然，干大事业做大生意的管不着。我只想过普通的幸福生活应该没有错吧？

佘山夜雨

佘山夜雨：

你好！

你提到普通的幸福生活，其实，普通青年不易做，幸福生活路漫长。对吾辈凡俗来说，首先，要有一个女朋友。这样才不会距离出轨还差两个女朋友。

生活中总有一些人，说的都是正确的前提，得出的结论却叫人啼笑皆非。兴许是中间的“云计算”过程经历了不为人知的脑洞大开吧。在寻找“门当户对”的恋人这件事上，你恰巧经历了这样的曲折。

虽然你对“列着清单找产品”的说法嗤之以鼻，但整段描述的确让我联想到电脑城门口那些拿着单据四下张望口中念叨“电脑配伐电脑”的中年男子。不出意外的话，旁边站的中年阿姨还会补充：“发票发票发票发票。”

充分考虑现实条件，当然表现了你以结婚为前提谈恋爱的诚意，但因为深谋远虑，就转而盼望一朵出淤泥而不染的白莲花，不免就过于苛求了。

拿你举的例子来说，家庭背景一般和劳改家史完全不能画上等号，即便有劳改家史，和精神病史也是两个概念，未必就会遗传的。至于30岁生娃，别闹了，现在25岁黄金年龄生育，可能也只是赶上28岁离婚拖家带口，套了尚未结婚的同龄人一圈。至于工作，普通端盘子的你看不上，Max扑过来你会不从？不要拿任何极端的例子来指代全集的情况，请将这句话转达当年教你数学的体育老师。

为爱情设定具体的门槛，以便减少未来的阻碍，当然是正确的思路。我从来将“门当户对”看作极其重要的标准。对希望借爱情迅速提高一己生活质量不甚看好，也是为此。但切记，门当户对绝不是开始之前的算计，更不该成为相互绑架的说辞。一旦如此，再好的精算师，也无法为爱情建模。

恋爱的起点是固定的，但未来如何，看怎么走。对家庭、工作、年龄的追求，一旦沦为对特定标准的执念，无疑是给自己增负，成功配对的难度也陡然增加。再登对的佳偶，也难逃爱情里的九九八十一难，起落有时，风雨忽至，唯有两人携手并肩，方能遇见彩虹。君不见娱乐圈多少明星，再“门”当户对不过，到头来有多少陷入“小三门”、“拉链门”、“车震门”？别说什么圈子属性，再大的圈子也大不过人性。

你有一颗清醒的头脑，没有挑选那些看上鱼塘和锦鲤的姑娘。但也因为过于清醒，爱情于你是从算计开始的。我不会亏待你，你也不能占我便宜，最好月入相当生活自理得闲一起吃个饭看个电影忙碌时你也加班我也加班。这种状态里，爱情是一种需要，召之即来挥之即去，只在最迫切的时候出现。可这样说完，你的脑海中浮现的究竟是恋人的形象，还是炮友和小三的身影？炮友和小三，还有伐开心，买包包呢。

需要只是爱情的发端。终日相随，无法摆脱，有甜蜜，也有苦涩，有慰藉，也有烦扰，才是爱情的本质。在这个意义上，爱情远超过门当户对，高于人的理性，充斥着太多难解之谜。大龄青年各有各的问题，恰恰是对现实顾虑得太多，对爱情了解得太少的缘故。

至于我的建议，别把恋人当作固定静态的对象，也别把门槛设成长江大堤，终日严防死守。只要明确底线，其他事情都能且只能靠两人共同努力。家庭背景，不是你家有 200 万现钞 300 万金融资产正配上我家豪宅一套良田数顷，而是两人有相似的成长环境和足以负担基本现实的条件。让生活蒸蒸日上的部分，说穿了还得靠自己。至于容貌、年龄、工作，不必苛求满分，只要合意就好。人生路远，大道多歧，太多东西会变。而最美的爱情，恰是两个人，为了共同的目标，一同改变。

至于你说想过普通的幸福生活，希望两人都能正常下班，不必拉低对方的生活质量，也不必自己一人又当爹又当妈。我当然理解你对夫妻平等的盼望，但说穿了，选择权在你。世界那么大，有些人务求实现自我的价值，有些人则迷恋云淡风轻的小确幸，去找后一种就好。广大中小学副课老师和基层女公务员在向你招手，你看到了吗？晚上 7 点到家，吃饭睡觉洗澡之余，不止干点啥，还能干个你呀。感觉画面萌萌哒。

但还是忍不住要奉劝一句，即便是恋人，成立了家庭，每个人也都有负责任的自由。责任是为了家庭和爱情共同努力，自由是方式要听凭自主选择。你可以选择买菜做饭带小孩，但不能要求对方也必须这样。你可以埋怨生活质量被拉低，但不要认为是对方的错。两个人的相处，靠沟通与磨合，靠匹配与调整，“我已经这样了，你也一定要这样”，属于绑架的范畴。爱情，最忌讳的就是道德绑架。

有句话你说得对，“不如单身爽”。单身当然爽，但也有无爱的寂寞。就像寻爱、得爱、相爱，也有陪伴的酸涩。别急着谈什么负资产，先把负能量清零吧。世间安得双全法，修行从来靠各人。

# 眼睛瞪大像铜铃，才能抵消驿动的心

亲爱的傅老丝：

作为脑残粉读者，料想这封来信又会让傅老丝头疼，因为本妇女目前的状态属于典型的没事找事心思活络，应该让傅老丝敲打敲打。

回正题。毕业了，工作不好也不坏，学生时代的感情自然而然延续下来，男朋友是我自己追来的，当时被英伦风还带那么点小忧郁的高个子男愣迷得死死的，表白方式设计了一遍又一遍。

现在出问题的状况在于，男朋友本来有还不错的工作，虽然不是同行但总在一个大圈子混，但是，人家竟然辞职了！辞职的理由是要回学校深造，这太打击人了。料想姐当年很大程度是为了不要两人同行才放弃了另一份体

一个人需要隐藏多少秘密，才能巧妙地度过一生

面、高收入的工作，而沦落到今天这个地步，嘤嘤嘤嘤嘤~~~~~~

从此之后我变成了一个絮絮叨叨心思难宁的妇女，我这么个懒得折腾的人，居然也会没事找事吵个架（比如这会儿我边写这玩意还边和男人扣扣吵架，原因是他嫌累没送我回家而转身跟同学出去宵夜了），我这个男人不够浪漫（恋爱到现在总计收到花一次，巧克力一次，我不要提前迈入老夫老妻阶段啊衰），懒（不叠被子不收拾房间，总之懒得超过我的底线），时而有点小气（伊说这是上海男人的美德），单纯幼稚（比如对未来没打算啊 blabala）。

在我看来，这个男人单纯，有时候又有点幼稚，很多方面不够通透，但又有出其不意的惊喜。我的一个资深闺蜜对我目前的状况嗤之以鼻，并表示以我们现在的状态属于头脑一热就能领证去了，正所谓一只被头窟捂热了就懒得动，我深深明白，目前这种默契的状态全是几年来一次次吵架吵出来的啊。

而另一位心思超超超活络的闺蜜则每次聚会必交流感情八卦，在得知该妇女新近的 ons 故事之后，身为良家妇女的楼主，竟然，有一丝丝小羡慕，所以暗搓搓翻了一圈手机通讯录试图找一个合适的 yy 或者实践对象，又觉得似乎哪里差了点，对象要不是远在天边就是太挫了让人忍不住自插双目，想了想，似乎还是自己男人好，吃饭约会看电影以及那啥步调一致，人生跟理想谈不了，专业方面还是可以交流的，至少可以不化妆不装矜持邋里邋遢穿着拖鞋在路边摊吃烤串喝啤酒。

so 我觉得，心思活络这种事我就是有贼心有贼胆没对象又懒得动，如果碰到另一个意念强大的男人扯着，没准就跑偏了。

作为一个纠结的风向星座女子，最后我不得不找抽地问一句：傅老丝，我要哪能办。

心思活络的妇女同志敬上

心思活络的妇女同志：

你好！

首先感谢你没有把这种来信投给万峰老师，让他习惯性地用“电波怒汉”的调门,来上一句,“这位妇女,你心思又活络了是伐?”作为回报,我决定不学他,温和地摆事实、讲道理。

不知你发现没有,来信的多数段落里,主语都是“我”。在感情面临问题的当口,即便念他的好,也是站在你的角度,觉得他“可以”交流、“可以”一起吃路边摊,你是否替他换位思考过?

在相遇之初,他在你眼中不像现在这样,充斥着懒、单纯幼稚、小气或者不够浪漫。相反,他英伦风、带点小忧郁,以至于你设计了各种表白方式倒追他。

可相看两厌、渐生龃龉之后,你们为了各种琐事吵架,以至在他想要弃职求学,你开始思考未来在何方。他的决定缺少与你的沟通固然不对,你的“放弃”、“沦落”之说其实也无从谈起。千万记得,感情中的任何事都是自己的决断,迁就也是你愿意迁就,如果得不到期望的回报,并不是别人的过失。

凡尘俗世,未见一个圆满的人。要让感情尽可能绵长,开始其实尤为重要。冲动再炽热,初遇再感人,感情也经不起万般变化。在开始之前,就应当瞪大眼睛,看清自己是何种人,要找的是什么类型,喜欢他/她什么,能做出何种程度的妥协,底线又在哪里。这些东西固然敌不过生活多变,未必能严守,可连这些都没有,就盲目开始一段感情,对彼此都称不上负责。

所有的活络男女,往往一闪念的冲动,就是一段离合。可这些活络人又未必都是玩咖,于是痛苦和狠心都愈加真切,伤了自己也伤了别人。终于每段恋爱都变成相似的剧情,不断重头来过。

“身为良家妇女”的你,终归有一天会幡然醒悟:一个人的魅力并不在结交多少恋人,而是同一个合适的人发展尽可能持久的关系。一旦明白这一点,在选择恋人这件事上,便会有十二万分的谨慎。

你的幸运在于,现任男友除了心智稍欠成熟,处事未尽圆融之外,看来还算是合格。不送你回家却和同学吃宵夜、不够浪漫云云,都可以理性沟通,悉心调教。能和你素面朝天在路边喝啤酒吃烧烤,至少说明他能直面真实的你。那你为何不能接受真实的他,在有分歧的地方寻求磨合呢?

顺便,ons 这种事,不是行家里手就不必凑热闹了。虽然每个男生都梦想着“one night stand”,仿佛刘天王唱“啊哈给我一杯忘情水,换我一夜不下垂”,可稍不小心,也容易从 ons 变成 on sale。这下就真的昂三了。

实话实说，心思活络是一种天然属性，很难改掉。你问怎么办，也简单，想想自己要什么，能给什么，底线是什么，愿意妥协什么，再看看和现任通过磨合，能否实现。能就好好谈，不能赶紧分手。对心思活络人来说，真爱就是：这个人有这不好那不好，但我知道如果和别人在一起，一定不会比这个更好了。

希望普天下的活络男女，在择偶时都学习黑猫警长，眼睛瞪大像铜铃，才不辜负剩男剩女的全心致敬。

# 相似的恋爱算什么本事，和同一个人过有趣的一生试试

亲爱的傅踢踢：

你好！

我和我男朋友是在初中认识的，他一句和我交往吧，然后我稀里糊涂地答应了。

一场莫名其妙的恋爱开始到如今，满六年。

可是在上大学后慢慢发觉，我在改变，他却还像个孩子一样。他常说他忍耐了我很久，因为我的坏脾气。可是在有些事上我们无法有共识，总觉得他不够成熟，身边的朋友也这样觉得，就连好朋友都劝我分了吧。曾经他为了游戏而忽略我冷落我，他居然觉得网络和网络上的陌生人能带给他更多的快乐，在和他的日子里，我常常看到他的空间都是陌生女孩的亲密留言，我曾经把他的 QQ 删了一年多。我觉得看到那些很痛苦，于是我选择不知道，而他却当作什么事都没发生。

到了现在，在上大学后的第二学期，我们偶尔会见面，可是聊天的话题越来越少，电话里的问候平淡得不能够再平淡了。现在我很少会想起他，有些事也不会说。他的状态就好像小孩子买了一块自己喜欢的蛋糕，可是就一直放在那里不肯自己去拿，非得等别人喂他吃，他懒得什么都没有积极性。可是，当他在电话里说没有人和他一起玩、一起聊天说话的时候，我听到很烦恼，然后心里很难受很难受。

我想问，习惯是爱吗？如果是，放得下吗？为什么拥有后却不懂得好好珍惜？为什么一个人对另一个人的好不能持续？我有好多疑问，我觉得很难

过。 我要怎么办？ 我要继续下去吗？

孤独的兔子 m

亲爱的兔子 m：

你好！

六年的恋爱也算是小长跑了。遗憾地告诉你，你们的恋爱关系现在只是名义上的。怯懦幼稚的男友，不过在等你主动提出分手而已。不能说和他在一起时，你选择了错的人。但经过此间纠结，再不选择一拍两散，可能会酝酿出更大的苦果。

你的经历和困惑，于感情中实在太过常见。在你这个年龄，相对来说，男生总是成熟不足，女生大多性格黏稠。彼此贪恋甜蜜和刺激，因为相互吸引走到一起，又因为日益熟悉、乐趣递减而渐行渐远。一开始，也许是无言以对。此后，可能是“冷暴力”地疏离，或者转而在其他人身上寻求新鲜感。之所以继续维系一段名存实亡的关系，一来是放不下曾经经历的一切，二来是一旦回归单身，会有对寂寞的恐惧。

但这种相对的稳定是脆弱的。一旦你男友找到新的钟情对象，必然主动和你分手。你所做的一切延宕，无论出于对过往的珍惜，或是为将来的担忧，都将烟消云散。在这种情况下，你也许会不解，明明有过如此畅怀的岁月，为何最终却平淡甚至潦草地收场？世间的爱情，是否都难免沦落到“左手握右手”的寡淡？

纵然人艰不拆，还是要说：平淡，是人的问题，与爱情无关。

在人的天性里，趋易避难是最容易忽略的缺点。开始一段感情，只要两个同样用心的人，看对眼，牵着手，就足以共同面对外面的世界。因为新鲜，很多事都是有趣的。第一次去游乐园，第一次逃课去甜品店，第一次躺在初春的草坪上唱歌，第一次拥抱、亲吻，都是不会生厌的生命体验。

但当“第一次”逐渐褪去神秘的光环，随之而来的便是琐碎的日常。因为熟悉，更真实的自己会不加掩饰地展露出来。软妹子或许也有雷厉风行的一面，暖男私下里也可能是抠脚大汉。

每个人都有复杂的面向，这再正常不过。但认识到各自的不足，按理应当努力改善。可更多时候，我们却习惯放过自己，苛责对方。

因熟悉而生出厌倦，照例认为是对方不作为，却忘了自己每每停在原地。嫌弃对方不够浪漫，却从不将对浪漫的具体诉求表达出来，偏偏怀揣着小心思，盼望对方会懂。男生也是一样，在手的爱情不加呵护，本质不外是：相对于打游戏、和其他女生聊天，维护已有爱情的成本更高，付出的努力更多，可能还得不到预期中的回报。

在这样的想法背后，有着一个共性：心中的爱情过于理想化。

所谓理想的爱情，只有光亮，不见暗影。在爱情里，应该没有分歧，很少争执，哪怕吵架也会很快和好。两个人有共同的爱好，即便不言不语，也能心照不宣。不在一起的时候，有深切的记挂和想念。时时黏在一处，也有永远不想分开的念想。

可现实却是，爱情隶属于真实的生活，从来与心想事成无关。将对爱情的全部期待拴在对方身上，得到的回馈，永远不会是满分。人非器物，总有喜怒哀乐，难免阴晴圆缺，无法在爱里扮演一辈子的形象大使。之所以期待对方尽善尽美，潜意识里还是不愿为爱情改变自己。

和其他所有方面的不成熟一样，青涩的爱情是最容易以自我逃避收场的。面临持续来袭的厌倦、无聊，我们首先想到的不是如何攻坚克难，而是习惯性地转过头去，寻求新的刺激。时日推移，这些龃龉不断放大，终于成为漠然的发端。到穷途末路再行弥补，已经太迟。

在感情里，付出未必就有期望的结果，但努力必定会在特定的时刻以未必如所料的方式开花结果。苦心孤诣地经营，也是为此。

建设性地看，对两个合拍的人而言，如何在不同的阶段树立共同的目标，是延长爱情保鲜期的不二法门。初始的时候，大可以尽情玩乐，增进彼此的了解。试探性地外出旅行，看看两人独处的模式，也是很好的方法。一旦恋爱两三年，到了适婚的年纪，可以顺理成章地拜见岳父岳母大人，让公婆相一相，试着融入对方的家庭。此后，婚嫁诸事，抱定包容而新鲜的尝试态度，想来也是愉快的试炼。婚后，赡养父母抚育儿女，两人去看更广阔的世界，如果目标同步，携手努力，料来也不会人生漫长无所事事。

但问题就在于，树立目标容易，为之努力太难。稍有不合意，首先想到的仍是责怪对方。如何探究双方都能接受的尺度，也许是一生的功课。这也是为何，不少谈婚论嫁的男女最终因各色原因悔婚，又有多少当年只羡鸳鸯不羡仙的佳偶，最终却换了一张离婚证。

个中的问题太复杂，有待细说。至于你，不妨从忘记软弱的男友开始，转向自我认知、走向成熟的道路。找一个合适的人，有问题及时沟通，不要再刻意忍让，呈现最真实的自己，再改正身上的缺点。只有直面世界，才可能让世界温柔相待。

说到底，和不同的人谈相似的恋爱不是什么本事，难的是如何与同一个人有趣有料地共度有爱的一生。

# 结婚是精准营销，不懂话术肿么破

亲爱的傅老师：

我一直在犹豫要不要写这封信给你，因为我很怕你和大家说一样的话，叫我分手……

是这样的，今年春节我被全家“逼婚”了！ 别说什么“如何回答七大姑八大姨的盘问”，真摊上一家人盯着你穷追不舍，什么攻略都白搭。

好消息是我不是大龄未婚女青年，我有一个谈了 7 年的正牌男友。 坏消息是纵然我们熬得过七年之痒，他近几年都不可能和我结婚。

让我简介一下我们的情况。 我是苏州人，他是上海人，比我高一届，从大二到现在，我俩已经恋爱整整 7 年，平稳跨过了毕业这道坎。 工作稳定之后，我们就同居了，我一直以为结婚是顺理成章的事。 他是一个很有事业心

的男人，非常 MAN，是我理想中的 MR.Right。

坦白说，我知道他也有很多缺点，比如邋遢、玩心重、对婚姻有恐惧（因为他是单亲家庭的），但是我依然非常爱他，可能这就是传说中的“初恋”吧。 好多次，他在酒吧喝醉了，我打车赶去接他，替他买单，连他的朋友都觉得我太贤惠了。 他工作忙，又不懂得照顾自己，我常常给他爱心便当，连他的同事我也混熟了……

我们偶尔会谈到“结婚”，他说自己对婚姻有心理阴影，让我多给他一点时间，等他克服了这种恐惧，马上结婚，他说他很爱我，不管结婚不结婚，这份爱不会变。 因为他的信誓旦旦，我也没太把结婚证当回事，尽职扮演着“未婚妻”的角色，相信不用太久，他就会和我结婚。 没想到一等，就是好几年。

今年春节，他陪我回苏州看父母，对于亲戚们的逼问他依旧含糊其辞，说自己工作还没几年没钱买房 balabala，又说男人没到 30 岁结婚太早了……闺蜜说，他分明就是拖延战术，根本不会和我结婚，让我赶紧分手，父母也劝我，他们本就对男友的条件不满，希望我找个事业有成的成熟男人……

可是我一动摇，脑海里就浮现出七年来的点点滴滴，还有他的誓言，他说他不是不结婚，一定会结，30 岁之后……

傅老师，作为一个男人，你能告诉我他究竟是怎么想的吗？ 他是不爱我了吗？ 我该怎么办呢？

被逼婚的大龄未婚女青年 Wendy 泣上

亲爱的 Wendy：

首先要纠正一个讹误，你所谓“有一个谈了 7 年的正牌男友”，所以“不是大龄未婚女青年”，其实很乖谬啦。就像北大博士毕业生是什么？他只是社会底层人士中学历最高的，而已。所以 7 年的正牌男友也难以掩盖你未婚大龄的事实。

春潮带雨晚来急，老房着火一点燃，逼婚这件事，真是昏得一逼。但长辈的观念毕竟很难变更了，一味抵触于事无补，要着手改观，还得从自身做起。

你和男友 7 年长跑，还是“初恋”，所以他是你的 Mr. Right，你是他的优乐美之类，都不必赘言。至于你为他付出的体贴、包容，诸如爱心便当，酒吧接送，我也都深信不疑。

但有一点残酷的现实，可能要提醒你一下：感情不是等价交换，你有对人好的权利，别人并无一五一十还你的义务。从你的来信看，在这段感情里，你付出得多，他付出得少，是确凿无疑的。虽然时间长了，彼此适应了付出的配比，但你心里也并非毫不计较。

小事上，这种计较很快都会过去。但在结婚这点上，看似微小的计较就跟 PM2.5 一样，目不可见，却喂你服雾了。

坦白说，你对婚姻是有期待的，因而你们会谈到“结婚”，你会扮演“未婚妻”的角色。我相信你不是寻欢作乐，真的想要跟他步入人生的新阶段。

但他的反应呢？心理阴影，单亲家庭导致婚姻恐惧，结婚太早，没钱买房。你大概一直没机会到“国五条”出台后的房产交易中心去看一看。多少热血男女，为了一套房屋，抢购房、举债务、假离婚，谈什么恐惧，他们简直抛头颅、洒热血，为中华之崛起而过户。与之相比，你男友那些哪里谈得上阴影。

男人有事业心，非常 Man，绝不是什么每天加班至深夜，或者跑到街头喊两声××岛是中国的，而应该从珍惜、保护自己所爱的姑娘开始。在结婚这一点上，很遗憾我没有看出他的担当。

换句话说，我认为他对婚姻的热忱远不如你。再直白点就是他并没有多想和你结婚。也许你想说，他只是还没准备好结婚，并不是不喜欢你。这我同意，但 7 年长跑未见行动，很多言辞，不过是化了浓妆的推脱，避免不了“负分滚粗”的评价。

誓言这种事，大概 95%是由失言导致的。他说不管结婚与否，爱不会变，大概是初中生边写作业边听清纯玛丽苏电台女 DJ 口播的吧。我只听说过婚姻会变，爱更会变。

其实改变一点都不可怕，只要每个人清楚地知道自己要什么。

现在，你和你男友要的完全不同。你要的是婚姻，是一段新的生活，而你男友还沉浸在要照顾有照顾，要玩有玩的情景里。老大不小了，应该明白，现实生活不是汤姆熊欢乐世界。

你问我他怎么想，他还是爱你的，但这份爱不足以担负起你们的未来。而且作为女友，我觉得你的忍让多过沟通，因而他的自我，也大于体谅。

感情都是先想自己后想别人的，要吾要以及人之要。如果明确自己要的是什么，对彼此又有深入了解，很多事情，都会是心照不宣，进而水到渠成。这才是感情最好的状态。

就拿恶搞古诗来说吧，我在网上见过一首抛开平仄，拼贴得妥妥的：朕与先生解战袍，芙蓉帐暖度春宵。但使龙城飞将在，从此君王不早朝。在异性恋沦为弱势群体的年代，像诗里这种情愫，也是一种要求明确的结果呀。物色恋爱、结婚对象，应该成为一种精准营销。

把心底的想法都讲出来，和他好好沟通，再看他会不会改观吧。如果他依然故我，劝你和平分手。

无论怎样，祝你幸福。

# 你吃着像糖，我闻着像翔

亲耐的踢踢：

您好！

很冒昧给您写信，这是我第一次跟情感专栏的主持人写信，并且回信的几率应该很大，心下惴惴且激动。

辗转从闺蜜微信中看到您的文章，打动了忧郁中的我，在一个春困浓得化不开的夜里，笔有千斤，却不吐不快。

我毕业自北京一所大学文科专业，放弃了家庭安排好的工作，职场初体验献给一家中规中矩的报社，或许是受到美剧中记者形象的毒害，做出了这一个选择。

就职时想，不能痛陈民生疾苦，也要及时传播善政，可命运的安排却让我步入一个新闻色彩最淡漠的部门，每一个记者节我扪心自问，这是我的节日吗！

我男友是我的同学，拥有我羡慕的岗位，可以抓着笔记本风风火火，可以站在新闻的潮头指点江山，然而他不珍惜。他对新闻事业是冷漠的，为了职业规划我们无数次争吵，为了 20% 多一点的收入差距，他无情地写下了辞职信，去了一家公司。

是什么让他如此无情，这样无情的男人是否还值得交往？

为什么，为什么，为什么？

一个妙龄女读者

这位妙龄女读者：

在我们的生活中，总有一类朋友，可以称之为“十万个为什么”。不管是顺境逆境、有解无解，他们总不忘问一句为什么。如此往复，结果当然是，下一个“为什么”，取代上一个，成为当日生活新主题。不是说追问不重要，只不过多数“为什么”等于“凭什么”，这大概是世间一半烦恼的根由。

对于当下，与其问为什么，倒不如厘清“是什么”，思考“怎么办”。你问的是“这样无情的男人是否值得交往”，其实你要讨论的是感情与职业规划的关系。

在我们年纪还小的时候，萌动的春心边上，总有一个声音在回荡：学习和感情要分开，要分开，分开，分开。如今，生活独立了，却发现工作成了感情中的烦恼。

理想状态应该是这样的：每周工作五天，朝九晚五，做着自己感兴趣的事，努力奋进，获得可观的报酬与成就感。回家之后，享受家庭与爱情的温暖，一起做个饭，看个片。周末开车去郊游踏青，每年再利用几天长假，去远方走走。

但现实却是：竟日加班，卷入办公室政治，无暇照顾家庭，工作常有不顺，感情中的摩擦不断加剧，直至引发分歧。这大概是毕业人群的常态。就拿你来说，对工作的预想和实际不符，让你有很多心意难平之处。

可能也因为这种所愿难偿的遗憾，你对男友的工作格外羡慕。当他为了你所不能接受的理由离职之后，你愤怒，给他下了“无情”的断语。

其实，真正的无情大概是：钱，确实能在一个较低的层面上让人自由。而你对于彼此工作的看法，却不能代表他的认知。在你眼里完美的工作，于他可能也有苦难言。你之蜜糖，我之砒霜，即便是情投意合的男女朋友，也在所难免。

只要他的离职不是一味冲着钱去，而是出于本心的选择，就绝对称不上无情。如果他把那 20%的收入差用在改善你们的生活质量上，甚至还算“有情有义”。你所有的愤怒和指责，不过是出于你所认为的“不珍惜”。

最小儿科的道理是，感情一大忌，即用自己的标准要求对方。自己中意的，就要求别人也喜欢。

彼此相爱，肯定有不少共通之处，但要处处一致，不免强人所难。尊重差异，其实是尊重对方最直观的表现。不要试图把对方变成你喜欢的样子，你所要做的是选对一个人，然后求同存异，纵然全世界都反对，也一意孤行地爱他/她。

内心对别人的期待和实际提出的要求，应该是两码事。要让两者距离更近，最好的方式是沟通。与其在这边怀疑感情的根基，不如好好敞开心扉，聊一聊彼此的想法。

眼下的世道，工作确实不是小事。但最牛的人绝不是功成名就却家庭失和子息失教的。看一个人是否优秀、心智是否健全，最重要的指标是能否将生活各方面打理得井井有条。在这一路上，普通人其实比成功人士要幸运得多。至少，他们不必生活在聚光灯下，有更多机会，和自己喜欢的人事在一起。

道理说得有点多，其实你所面临的都不算大问题。何况你正当妙龄，有大把时间来奋斗、磨合。如今国人已经百毒不侵，剁碎了直接能当防腐剂用，就别拿你的蜜糖给男友当砒霜咽了。好好为了前程奋斗，和男友共同打拼出一方生活的天地吧。“为什么”不能实现理想，“怎么办”才可以。

祝工作顺利，情感和美。

# 实践是检验爱情的唯一标准

傅老师：

您好！

不知从何时起，我开始卷入到非正常恋情般的男女故事中，以下是最近困扰我的一段，请您从局外人的身份帮我分析一下。

将他简称为Y吧，我认识他的时间并不长，大概一年左右，起初并无过深接触，只知他是个有趣的人，并同是水瓶座，有些惺惺相惜。做了几个月不太纯粹的网友（因为彼此在实际生活中有一定交集），我们见面了。客客气气的背后总是各怀鬼胎，起初的印象并不完美，但在猎奇心的驱使下，还是和他继续发展下去。但这发展绝对不同于平常男女恋爱或暧昧的发展，疏远时好似这人并不存在，亲近时又可在深夜互诉衷肠。我深知，这种被一众漂亮姑娘们惯坏的男人喜欢和讨厌的是什么，加上性格相近，所以倒是过了一段相安无事的日子。

情感总在人毫无觉察时发酵起泡，渐渐地我发觉他并不单纯是我消遣无聊时间才会想起的人，而他也慢慢把我当成了亲近之人，但忽冷忽热永远是我们之间的基调，只不过每次热的时间较往常相比稍长一些，更热烈一些而已。我们之间曾有几次彻夜深谈，每次谈话的主要内容都是他在肯定我对他来讲是重要的人，以及我们彼此分别表示对这段情感的珍视，但这种表达的末尾总是带有淡淡的警告，警告对方不要和自己太过亲近。我也曾想过，是否可以朝着男女朋友夫妻的方向发展下去，但结果都是不太可能，作为朋友或是红颜知己我可以淡然地接受他周旋于众多姑娘之间，但作为女友和妻子这是绝不可能的，尽管他曾说一旦认真就会摒弃这些诱惑，但我不相信。看到这您一定要

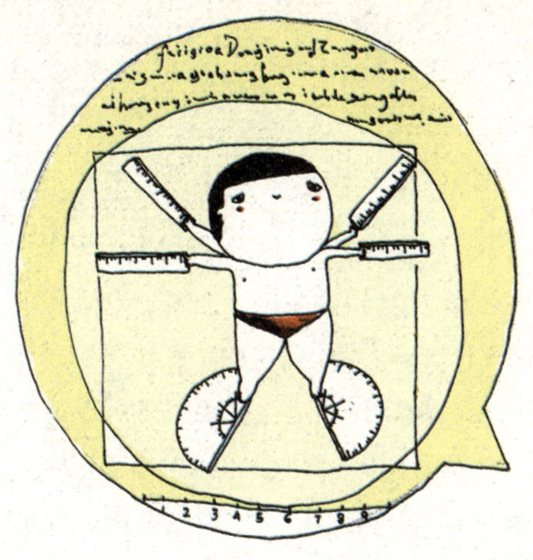

爱情不是科学，三头六臂地测量未必有定论。 实践是检验爱情的唯一标准

忍不住骂我了吧，为了这样一个明知没有结果的人浪费时间。 我们曾谈过，希望这种感情能够长久，变成那种哪怕即使许久不联系，再见依旧无丝毫陌生感的朋友。 这是天真吗?

我们相处的时间里他曾谈过恋爱，但均速速结束。 他称自己不适合恋爱，暂时不想安定下来，也拒绝了好几个姑娘。 最近，他又跟我透露出即将开展下一段恋爱的可能性，无意间聊起我印象深刻并十分重视的一次新年夜谈（就是他说我是他重要的人，并希望这感情长久的那次），他装作不记得地顾左右而言他。 我微笑，无言以对。

我开始反省，是不是自己还是不够有自知之明，居然真的觉得自己对他来说是重要的人。 还是人就是如此，说过的话永远只代表当时的心境，无法持久。

傅老师，我有点迷惑，我该如何看待这样一个人呢? 真正在乎的人，无论是朋友或是情人都是经不起忽冷忽热的吧? 有点烦了，但是每每聊起天，却还是那种熟悉又美好的感觉，我是该珍惜偶尔的快乐，并同时忍受时不时冒出的冰冷问号；还是一并把火把和冰块全部丢弃呢? 望尽快回信，祝新春愉快。

与哀怨无关的 M 小姐

M小姐：

你好！

很高兴收到你的来信，逐字逐句读完，我打算和你探讨一个关于爱情的永恒命题：当我们在思考爱情时我们在做些什么。

首先，我们对来信的第二自然段做一个阅读分析。在这段文字中，你简明扼要地交代了和Y相识相知的经过。对当代青年男女来说，一年里甚至可以发生“抛下相恋4年的女友去和学弟好”这种人间惨剧。所以能维系“并无过深接触”，足见你的端庄持重。

你提到他是个“有趣的人”、“水瓶座”，因此有些“惺惺相惜”。杨千嬅老师的名曲《可惜我是水瓶座》里唱的，“心里羡慕那些人，盲目到不计后果，我就回去别引出我泪水，尤其明知水瓶座最爱是流泪”。我实在不能想象一对水瓶男女四目相对以泪洗面的场景，为和谐与幸福计，让我们先从封建迷信界跳出来，回到现实中。

你们“做了几个月不太纯粹的网友”，见面之后，你也明白，“客客气气的背后总是各怀鬼胎”。但和所有故事的开头一样，你提到了“猎奇心的驱使”，因而才有了后面的疑问。虽然“不同于平常男女恋爱或暧昧的发展，疏远时好似这人并不存在，亲近时又可在深夜互诉衷肠”，但你们的关系还是从清汤寡水向千丝万缕转化了。这个“性格相近”、“被一众漂亮姑娘们惯坏的男人”开始在你的生活里落地生根。

你提到“情感总在人毫无觉察时发酵起泡”，纵然明白却也发现，彼此对关系的期许和认知又更近了一步。但恼人的是，忽冷忽热永远是基调，更麻烦的是，“每次热的时间较往常相比稍长一些，更热烈一些”。换句话说，你们已经从解冻模式切换到了煲汤模式。

由暗喜到珍视，又始终萦绕着警惕与防备，说既享受，又费神，应该也不算过分。经过几次“彻夜深谈”之后，你开始设想，是否可以朝着“男女朋友夫妻”的方向发展下去。虽然对你把人生的后50年左右时间放在同一时间段内设想表示不解，也仍旧看到你自己的想法：“作为朋友或是红颜知己我可以淡然地接受他周旋于众多姑娘之间，但作为女友和妻子这是绝不可能的，尽管他曾说一旦认真就会摒弃这些诱惑,但我不相信。”

事实是最好的答案。在你们相处的时间里,Y 曾谈过恋爱,但“均速速结束”,我不知道槽点放在“均”字还是“速速”上比较合适。而一个“称自己不适合恋爱,暂时不想安定下来”,并拒绝了几个好姑娘的男生,我也想不明白,你究竟有哪些地方能吸引他陪你去看流星雨落在这地球上。

之所以大段大段地引用并分析你们的故事,有一个重要的原因。你和 Y 的故事简直就是普天下游戏男和伶俐女的翻版。明明心有千千结,又不愿主动付出、努力承担,唯恐行差踏错,成了满盘皆输的局面。你问“是不是自己还是不够有自知之明,居然真的觉得自己对他来说是最重要的人”,我能回答的是,也许一时一刻,你在他心里确实重于常人,但作为一位目光长远到想把从女朋友到妻子整个过程尽收眼底的童鞋,你谈恋爱追求的是一生一世。在一生一世的问题上,他也不是胡兰成,你也不是张爱玲,还是听一听老话为好:一切不以结婚为前提的恋爱都是耍流氓。倒不是道德说教,流氓尽可以耍,但要到自己糟心,怕就不值得了。

你说得对,“说过的话永远只代表当时的心境,无法持久”,我们却常常期待感情能长久地呈现出波澜不惊的直线状态。但事实上,感情是始终绵延又断断续续的虚线,动人的阶段是实体部分,张弛有度才能不致断绝。在这个意义上,平淡、空白其实也并非不能接受,关键是我们要明白并坦然受之、无怨无悔。

你问我,应该如何看待一个人,忽冷忽热是否代表在乎程度不够。眼看着烦躁想放弃,又割舍不下美好的感觉,是否应该“一并把火把和冰块全部丢弃”?这都是你自己要做的决断。

子曾经曰过,“先行其言而后从之”,实在是很有道理的。针对你的摇摆和纠结,我的建议是:要不放下矜持多心的水瓶座人格,舍弃相夫教子举案齐眉的长期目标,轰轰烈烈去爱一场;要不果断地去寻找老实靠谱宜室宜家的男青年。犹豫着,犹豫着,这两类人都将转入已婚市场(甚至彼此结合),那时候,你的 Y 就会变成 Why 了。

没法建议你是否要和 Y 在一起,是珍惜还是放下,是惦念还是遗忘。能和你共勉的是,实践是检验爱情的唯一标准。在人生的旅途中,切记切记:不要成为思想上的姚明,行动上的郭敬明。

# 人生是条单行道，知错了记得吃药

万能的傅老师：

我是一个来自上海郊区的男人，将近而立之年。离开郊区的时候我二十出头，当时家里有一个新婚的老婆，我们还有个一岁的儿子。那时候要到城市里闯荡，我心里也没底的。年轻时一无所有敢讨老婆，一来是因为农村里大家都结得早，家里压力大；二来是对方人真的不错，条件也蛮好的。我刚进城的时候，生活很苦，也不敢和家里说。多少能挣一点钱，解决自己的生活问题以后，再给家里汇一点，也差不多没积蓄了。现在的状况慢慢好起来了，我有一份稳定的工作，定期也回农村看看孩子。现在老婆也到城里来工作了，收入各方面也不错。

虽然外人看起来生活变得好起来了，但是就在前两年，我在一次朋友聚会上，认识了一个外地的女孩子。也是在那时候我才知道，什么叫爱情啊尼玛。我知道我是个有老婆的人，我尽量克制，但是你知道感情啊，男人啊……一切还是发生了……我知道现在这么说都是很欠扁的，但是感情要发生的时候，真的很难控制……傅老师您懂吗?

女孩子工作和家庭都非常好，我分分秒秒都觉得自己不该打扰，起初我懦弱地好几次想放弃，但女孩的坚定让我非常感动。当我向她坦白了自己的情况，她甚至愿意无名无分地跟着我。就这样我们在一起生活了一年多，她每天起床给我做早饭，我每天下班去她单位接她，我们一起买菜做饭也一起旅行。我真的很想娶她，给她一个正常的生活。可是想到家里的老婆和儿子，我真的每夜每夜辗转难眠啊……

今年年初，我决定和家里的老婆坦白，希望可以和平离婚。老婆表面上答应离婚，但却用苛刻的要求绑住我。她要我把家里的两套房子给她，儿子给她，并且每月要给她很高的一笔生活费，不然免谈。我想过为爱净身出户的，但是那样我连自己正常的生活也许都难以维持了。大半年下来，什么问题都没有解决，一直拖着……女孩看我很为难，再次提出不要我去烦这些事情了，我们就这样过着……可她越是这样，我越难过啊，我怎么可以这样自私呢……就在这段时间里，我的老婆用各种方式查我们的生活，所有的社交网络上我们的对话、女孩的照片等等她都去查，影响了女孩的生活……我真的觉得太对不起人家姑娘了……

前几天，我忍着心里的痛做了一个艰难的决定，我和女孩提出了分手。因为我觉得这样拖着不是办法，而且我也自私懦弱地害怕如果有一天女孩会“清醒”要离开我……女孩完全不能接受，反应非常大，当天晚上趁我不注意她割腕了……我凌乱了，真的乱了，我把她送到医院，还好没什么事情，可我再也不敢提分手了，我不想一个原来以为能斩乱麻的办法，变成另一把伤她心的刀子啊……

我知道一开始就错了，但事已至此，只望傅老师在吐槽之余能真的给我出点点子吧。

红头苍蝇 B 先生

红头苍蝇 B 先生：

你好！

二十岁出门远行，为了前程奋斗，还不忘给家里汇钱，应该算得上是个好男人。虽然关于没做好准备就草草步入婚姻，我只有一句话：年轻时管不住自己的 JJ，长大了就管不住世界。我理解农村人夜就无所事事，不愿喝酒聚赌的你只能选择造人这项活动以遣有涯之生，但说起结婚的三个原因却是：家里压力大、对方人真的不错，条件也蛮好的。只能说明你并不够爱她啊亲。

恭喜你，桐花万里丹山路，奋斗数年，在城市扎根，老婆也在城里找到了工作，俨然一个家庭就要安定下来。这时候，你的状态是“差不多没积蓄”了。然后，就像很多电视剧里演的一样，另一个她出现在你的生命里。考虑到你应该达不到金城武或者吴彦祖的外貌标准，在一穷二白的时候，姑娘还愿意跟你好，相信是真爱。你也说，“那时候我才知道，什么叫爱情啊尼玛”。大哥你已经30岁左右了啊，还被爱情撞了一下腰。

“我知道自己是个有老婆的人，我尽量克制，但是你知道感情啊，男人啊……一切还是发生了。”为什么我有一种置身联防队员讯问室里聆听口供的错觉？如果是联防队员一定会问你：什么叫一切？发生了什么？交代细节，越详细越好！但本着人道主义精神，我只想和你说，既然知道自己有老婆，如果真心想克制，最好的办法是回避。说“尽量克制”，换个表述，内心已经春心萌动了吧。退一步说，人也是动物，发生之后想想怎么弥补，别抓到篮里就是爱啊。歌里怎么唱的？你说过O了X就算约定，但是亲爱的那不叫爱情。很多事情已经走在错误的方向上，继续用力，无论是否基于爱或好心，都只能是一错再错。

然后这件事情中最神奇的点出现了。和你陷入爱情的这位纯爱女，兴许是从小学习电视剧的缘故，内心充满夏雨荷的情怀，连已婚已育都可以不计较，全心要和你在一起。可这个时候你还在说“女孩子工作和家庭都非常好，分分秒秒都觉得自己不该打扰”，看来真的，你内心确有凤凰男的隐衷，还在时刻关注这些以结婚为前提来恋爱的事项。可是亲，跟这位妹子，你这是以重婚为前提在谈恋爱啊！

起初你“怯懦”地想放弃，“但女孩的坚定让我非常感动”。当你坦白后，姑娘还愿意无名无分地跟着你，请把镜头对准姑娘，让我们一起对她呼喊：好姑娘都醒一醒，多好的男孩也不值得这样蓝天下的至爱。

你和姑娘一起生活一年多，买菜做饭还旅行，你老婆不是也在城里工作吗？难道你会影分身？还是她不在侦探事务所，就在去侦探事务所的路上？

终于你决定离婚，结果那个“人真的不错”的老婆一下子变成柏阿姨节目里的来宾了。你想为爱“净身出户”，却又“担心连正常的生活都难以维持”，所以这位亲，你还是什么都想要，什么都不愿放手。这时候你觉得对不起姑娘，当初怎么没想到对不起老婆孩子呢。当断不断，该想不想，深度拖延症和选择性遗忘都是病，有病要早治啊！

然后你又做了一个艰难的决定，和女孩分手。结果女孩割腕了。“你凌乱了，真的乱了”，我也风中飘舞了好吗。于是你又退缩了，重新为自己的决定悔恨并犹豫起来。

多数情况下，两女争一男，渣化的主要功劳在男生。在非玩咖怎样避免成为“夹心层”的道路上，你大概是最完美的负面教材了。这倒不是在批斗你，真的，在不能心动的情况下，千万不要对自己有太多的信心。很多情愫，能回避还是回避的好。这还是遇到纯爱女，如果碰到个难缠的角儿，估计你早就“家破人亡”了。

事已至此，你问“点子”。唯一能说的只有一句话：长痛不如短痛，高中生知道“三长一短选最短，”对你来说，三长两短选最短。一定要痛定思痛做出决断了。

要不就放下所有，按你说的“净身出户”，和女孩在一起，冒着将来女孩心智成熟，认清现实，再把你甩掉的风险。要不就好说歹说跟女孩摊牌，强调“会有合适的人替我爱你”云云，再决绝地离开，回到老婆身边，顶着恒久的嫌隙，靠着现实的吸力来慢慢平复，努力营造“一切都不曾发生过”的错觉。那时候你就会看见自己，像普通的日本上班族大叔一样，慢慢走进夕阳，模糊成自己不愿成为的那类人。直觉认为哪条更容易，就选哪条吧。人生的好与不好都在于，它是条单行道。祝你好运。

# 我们用心修习爱，不过为了防变态

敬爱的傅老师：

您好！

不知道您有没有听说过这样一句话：癞蛤蟆落脚面，不咬人各应人。依我所见，能够最好诠释这一句话的就是接下来我要讲述的这位女主角——我男朋友的前任，为尊重她隐私在此简称其 B 吧。

关于女追男的苦情故事不用赘述，他们在一起两年后，B 只身去了北美某野鸡大学读研，国外的灯红酒绿让一直生活在市井中的 B 大开眼界，虚荣心暴涨，最后以“不能送给她 LV”的理由与我现任分手。事情本该戛然而止，但接下来才是恶心的开始。

B 与我男友分手后，立即投入了某厨子的怀抱，因为这位大师傅能够赚钱给她买 LV。但每逢遇到不如意就想起国内的 Y——也就是我男友，抱怨说生活多么艰辛，说她选错了人。没错，她就是一边睡在大厨身边，美滋儿地背着大厨送的 LV 一边对国内的 Y 倾诉衷肠。如果 Y 此时单身，这种做法尚且没那么恶心。然而，就在 Y 和我在一起后，她依然难改此举，并大言不惭地说：如果你没有女朋友该多好啊。让我和 Y 面面相觑，惊愕到无语。

癞蛤蟆总是一次次地蹦上脚面，纵使 Y 严肃地对她讲不要再联系了，不要打扰我们的生活。B 仍然锲而不舍，人人好友申请被拒绝了就加 QQ，QQ 被拒就加 MSN，MSN 被删就开始上围脖。并时不时在围脖上@Y 一下，追昔抚今，情深意切，让人几乎忘记了当初是她为了一个驴牌包而放弃了曾经死乞白赖争取到的爱情。终于忍无可忍，Y 在我的指导下在她追忆旧情的围脖下留了一段从一个正常姑娘角度看来十分残忍并伤自尊的话，换做是我一定一头撞死在电脑屏幕上，注销围脖永世不上。但蛤蟆的功力非凡，居然能够删了这段评论继续心平气和地转发。无奈，拉黑。这也不能阻止B的脚步，没错，她开始联系Y的好友M，乐此不疲地留言和@。让同样和M是朋友的我再一次无语凝噎。

活了二十多年，我第一次遇见这样的极品，我多希望她可能跑到我面前叽叽喳喳一顿，给我一个骂死丫的机会，但B姑娘的道行实在是千年难遇，让死要面子不愿自降身价的我无计可施。无奈之下，请傅老师赐教。

快被气得乐出来的S小姐

S小姐：

你好！

我既没有见过你，也没有见过你口中的B小姐。但从这个代号就能发现，无论是拆开的“13”还是并起来的“B”，都流露出你对她的浓浓恨意。如果你所说的尽是肺腑真言，那首先要安慰你的是，在这样一场灾难程度不亚于2012世界末日的烈女追击战中，你还能秉笔来信，实在当得起共和国的好儿女，新时代的女战士之荣耀。

至于“癞蛤蟆落脚面，不咬人各应人”，抱歉我还真没听过。好在从字面也能猜到，“各应”大体是“恶心”的意思。我要劝慰你的第二点是，不仅是你，对天下所有男女来说，现任再怎么不成器也仅供内部批判，他/她的前任再怎么优秀也只是风中颤栗的野百合，必须群起而攻之。偏偏野百合还要有春天（当然如果把“百”字去掉更贴近当代男女严防死守的界线），Ex简直就是“恶心”的缩写嘛！

下面我们来分析一下，B小姐是怎样戳了你的心筋。

B小姐此前苦追你男友，在一起两年后又被资本主义的糖衣炮弹迷惑，“虚荣心暴涨”，以你男友不能送她LV为理由提出分手。此后又“立即投入”某厨子的怀抱。按赵本山老师的说法，“脑袋大，脖子粗，不是老板就伙夫”，因此我们先祈祷，B小姐觉得厨子能负担LV，不是基于长相酷似老板的假设。

在我生活的史前年代,“爱她就请她吃哈根达斯吧!”一转眼,CPI持续飙升,爱的价码已经上升到LV的基准线。可身陷驴牌瘾症的B小姐却不忘同时享受一段“文化苦旅”,每逢不如意就和你男友抱怨生活多艰,所托非人,颇有点悔不当初的意思。即便你男友有了你,她仍然故我,死缠烂打,看架势,除非你男友怀了你的骨肉,她的“文化苦旅”才将将化作“千年一叹”,不至再有“借我一生”的奢望。

即便遭遇痛斥,伤了自尊,再到禁言拉黑,仍然阻止不了B的脚步。你感慨“癞蛤蟆总是一次次地蹦上脚面”,甚至将战火烧到了你的朋友圈里。你说活了二十多年,“第一次遇见这样的极品”,偏巧自己又“死要面子不愿自降身价”,因此无计可施。

鉴于人类绵延数千年的历史进程,至今无法消除精神病,我想你问的其实并不是应该怎么根治B的症状,而是如何从目前的窘境中“虎口脱险”。我的建议是:

B不来骚扰时直接无视,不要有任何主动被动的记挂,和你男友安心相处,该干嘛干嘛。人心江湖,是非难断,要是事事都管,不忙死也累死。对一些人而言,惹是生非就和吃饭排泄一样,属于生理需要。别人的生理需要,你怎能管得住。物种的多样性,我们理应充分尊重,不予过分干涉。

而B来骚扰时,首先选择沉默,不予理睬。更好的办法是化怨愤为力量,好好找你男友批判一下,究竟眼光差成什么样,才会招上这样阴魂不散的主。不过事后别忘了收个光明的尾巴,表扬他现在能找到你,说明品位重新回到了地球人的行列。

如果B实在欺人太甚,凭你在这封来信中的戾气和骂人功底,我相信你也一定会大获全胜。“死要面子、不愿自降身价”之类,无非作茧自缚,只管放开手脚,按你觉得对的去做就好。

这三种情况汇成一句话:不仅是B小姐,对两个希望感情正常发展的人,在遭遇外力时,最要紧的还是彼此同心,把烦恼都丢在一边。切记不要和傻逼计较,因为他会把你瞬间拖到同一水平,再用他丰富的经验击败你。

然后再扩充谈几句。以上分析都基于B小姐所作所为皆如你所言的前提,但我本意相信,所有感情都有真心的成分,哪怕表现方式再异乎寻常。虽然B

小姐“脚踩两船”，是身怀绝技之人，但我也认为在恋爱之初，或者现下某个夜深人静的时候，她也会陷入对现有情感不济的伤怀。

此后种种“变态”，无非是伤怀的外化，或者明知有错而依然故我，或者利令智昏而无从自拔。从这一点来说，她其实也是恋爱这件小事所造成的歇斯底里重症病人。

《圣经》被引用最多的一段应是《哥林多前书》里爱的箴言，里边说来轻描淡写，可真正体味，会明白每一条的不易。之所以艰难，是因为爱里的每一个善念都需要用心用力去维护，稍有不慎，就滑落到自我的深渊。

《恋爱症候群》里唱，恋爱不但是一种病态，它还可能是一种变态。如果你曾动过“红尘作伴活得潇潇洒洒，策马奔腾共享人世繁华”的信念，又没有尔康那样能大量吸附 PM2.5 的鼻孔，想必一定伤害过别人，也被别人伤害过。自我的时候，许多浑然不觉的举动，其实已经是一种病态。

既然这样，为什么还要好好爱呢？因为爱和生命一样，本是无可回避也无从超脱的事。离乱的生活，好笑的爱，都不能让我们中的任何一个快进哪怕一分一秒。而当我们决定去追寻更好的爱，就已经踏上了一条并不轻易，却能防止变态的修行之旅。

你只是在旅途中遇见一位还算相识的病人而已。应该庆幸的是，你的手还和男友紧紧牵在一起，他也愿意为了你们的感情去说一些对 B 小姐“残忍伤自尊”的话。相对 B 小姐，你已经是幸运的那一个。

# Part 2
# 热点热词冷思考

# 小三的经济学考量

我有一个朋友，平日嗜好追剧，早早臻于阅遍天下名片，心中无码的境界。最近她和我分享了对TVB的新观感：以前出现小三，都是女配，最后还不得好死。现在女主做小三都是家常便饭了！电视剧的价值观，无非收视率的私生子，哪有奶水往哪跑。而收视率，在电视剧领域也就一句话：老百姓爱看什么，我们就播什么。

然后再看看现实生活，二十年前谈三色变，如今连上位成功又悔婚终于再续前缘结果花开两朵重新撬走这种情节，也很难挤上黄金档的《新老娘舅》了吧。

抵死谈道德难免呆板，不如就从利益说起。

人都是趋利的，为什么会做小三？一句话：对自身现状心存不满，期望通过走捷径来达到理想状态。

千万别说什么真爱，每个小三上位的故事，缘起都是一点：对方身上有你期待已久，又难以快速得到或实现的东西。

经济学上有个概念叫路径依赖，意指技术、制度的演进也有惯性，一旦做出选择，惯性就会不断自我强化。一旦有意无意走进“小三”这条路径，要摆脱依赖，难免花成倍的功夫。并且，路径依赖的优势是有经验可循，能快速朝目标前进，而缺点是缺少创新，难以获取后发优势。

这样一说或许就能明白，爱情，无非是物质上有依靠、精神上有陪伴。在小三这条路径上，注定不能两全，或是不能独享。这时候，错以为的“爱情大过天”，说好听点是“爱的供养”，逼格低一些些就成了“爱的包养”。

还有另一个概念，叫边际效益递减。课本上的例子是，饿了，吃第一个馒头，饱足感很强，吃到第三个，就有点撑了。当“小三”还是时髦名词，或者还能享受特殊待遇。如今这副砸下个花盆就能敲中小三的滥大街情景，再做小三，是为不智。

千万别因为所谓“真爱”就盲目上路，现代社会的爱情是以一夫一妻制为前提的，别穿越回古代了。当然也别告诉我，一夫一妻指的是一个夫人一个妻子。

随着各高校自主招生进程稳中有进，小三之路大概已经取代高考，在“千军万马过独木桥”排行榜上牢牢占据首位。拼的不再是容貌、素养，还囊括了体力、脑力、耐心、社会关系，等等。这种时候要钓“钻石王老五”，和如今要低价买房，摇到车牌，股市抄底一样，都是小概率事件。真要试运气，不如买彩票。

底线在每个人心里，不妨给道德松松绑，但也要让理智透透气。

不要把“小三”视作终南捷径，更别将上位当成经典逆袭。既然一个男人能够接受你的上位，假以时日，自然也能接受更年轻貌美气味相投的“真爱”。一生二，二生三，三生万物，男人那么专一，永远只爱 20 岁的姑娘。

当自己足够好，一定会有合适的人出现。这种信服，是爱情真正的基础。三做不成，差了口气，就变成了二。更可怕的是，做了三还进退两难，就成了不二不三。

# 大叔控的心理机制

大叔成为珍稀物种，也就是近些年的事。单身男女在买方卖方市场的比例严重失衡，加速了大叔在女性（和一些男性）心目中的走红进程。

我身边就有一些朋友，叫影视剧和生活里的大叔迷得神魂颠倒，症状轻则追剧花痴夜以继日，重则将自己与大叔的海报、照片 P 在一起，再配上各种代入的脑补情节。

针对这些叔控，观其言，察其行，大概能总结出一幅大叔的标准像：

1. 人可以不够帅但要有气质，像不了金城武就往吴秀波的方向发展，哪怕蓄点看起来不脏的胡子，也是极好的。在多数叔控心里，有颜的才是叔，无颜的那叫土。

2. 要有稳定的事业，可观的收入，足够的阅历。没有事业说明不负责任，缺钱花要补给还不如去包养个小白脸。有足够的阅历，就能一起去看遍花花世界，历尽欢喜悲忧。最好还是有车有房，父母双亡，这样就能尽享无人打扰的二人世界。

3. 生活中无微不至，任性时总能包容。如果一把年纪了还要和年轻妹子斗气，虚长的光阴岂不是都白活了！

基于以上标准，不难理解大叔缘何受欢迎。

对那些不谙世事的女生，大叔气度不凡、言语温柔、事业有成，秒杀身边同龄的男生，为感情和人生提供了全新的可能。更诱人的是，美好的愿景完全能够一步到位，免去了其间的共同奋斗。这种情况发展到极端，就是宋思明和海藻的故事。

对心智成熟的女生而言，同龄人确实也不乏欠抽之处，不懂关心和体贴，有时还要等女生主动付出。尤其这个雄雌莫辨的年代，许多热衷于搞暧昧的男生奉行不主动、不答应、不拒绝的“三不原则”，连爱都不敢、不愿说出口。对这些玩着小心思的男生，大概也只能拍拍肩膀，语重心长地说上一句，“会有大妈替我爱你”。在这种情境里，思虑已然成熟的女生，自也会倾向于大叔。

大叔的好在于，若她涉世未深，就带她看人间繁华；若她心已沧桑，就带她坐旋转木马。两个字：通吃。

倘若世事都如此简单，所有人向大叔看齐就好。可惜人性繁复，变动难测。说到底，很难分辨眼前的叔，究竟是本色演出，还是形象大使。也许乍看衣着得体，实则仅此一套拿得出的行头。平素无微不至，皆出自实战锻炼。当面你侬我侬，背后却有一纸婚约的，也不乏其例。

恋爱先识人，识人看本质。根本而言，唯有穿透欲求的魔障，放下对高位多金、体贴入微的执念，不借他人的力量，抄生活的近道，才能明辨所见的叔是否真的是好叔。一切由我，与旁人无涉，才能在爱里得大自由。

你我都非道德的圣徒，不必侈谈是叔非叔、已婚未婚是否越过道德的边境。唯一要提醒自己的是：凡有所得，即有所失，世间并无双全法。一切代价，最终都还要自己承担。

# 给未婚大龄女青年的情人节的信

亲爱的××：

你好！

很抱歉这封信会在敏感的日子挑动你的神经，祝愿看完后，这会是你最后一个独自消磨的情人节。有人说中国未婚大龄女青年，尤其文艺群体，最终结局无非四种：孤寡、后妈、拉拉、出家。为让你脱离上述凄清晚景，奉上几条贴士。

**1. 做更好的自己**

做更好的自己，拥有强大的内心，才不会随波逐流，爱慕而不得。身边太多女人会说："我长得也还可以，学历不错工作稳定，性格算是温和，为什么找不到男朋友？"因为太过优柔，在愁绪里荒疏生命，巴巴地等着男人来追。我所知道的一条真理是：碰不到对的人，是因为改不掉错的自己。

**2. 拥有经济能力**

男人是否愿意为你花钱，考验的是感情的热度和为人的风度。但男人不掏钱的时候，你也要有过得潇洒漂亮的能力。因为不必顾忌，所以更见自由。培养点兴趣爱好，陶冶些高尚情操，有助身心舒畅。每个人都是独立的个体，在一起是陪伴，依赖过度，只会在黏腻中丧失自我。

**3. 包容男女差异**

了解并包容男人是女人的必修课。男人和女人是截然不同的物种，2014年的第一场雪，你想的是啤酒炸鸡，他想的可能是"晚来天欲雪，能来一发无？"先理解这种差别，再把你的狩猎雷达撒开，寻找更精准的布点。不要盯着男人的缺点不放，世间没有圆满的人——会玩的多数心思活泛，成熟的难免沉默寡言，上进的必定无暇陪伴，贴心的通常是个宅男。选择意味着得到和失去同时发

跳进时间的沙漏，做自己的对手

生。期望样样兼得的，韩剧男主角还得病出车祸呢。这跟吃泡菜真没关系。

**4. 叔只是个传说**

不要指望找一个男人来迅速改变你的生活，无论物质还是精神上。很多女人看到大叔，就像停工一年的奥特曼看到小怪兽，恨不得一下扑上去。大叔的魅力在于，要钱有钱，要范有范，不黏稠不冷落，一切尽在掌握。但这些也许就是比你多活的那些年里习得的。试图靠别人提升生活品质，是懒惰者的奢望。能改变生活境遇的，只有自己，生活更好了，才有更高的立足点，在更好的视野里挑选。

**5. 念旧不是美德**

对前任念念不忘，也会成为拒绝新开始的理由。听过老和尚背女过河的故事吗？他都放下了，你有什么放不下。你再放不下，前任不也瞬间放下了吗？过往的经历只与成长有关。欢喜悲忧，能留下的，藏在心里就好。呐，做人呢，最重要是开心。“我们的爱若是错误，愿你我没有白白受苦”，就足够了。

最后要说的是，真不想找，也不必勉强。虽然我不是陆琪，但还是要承认，从生物构造来说，男人大概真的比女人低等。站在鄙视链的上游，就要有睥睨天下的气度，选择想要的生活，怎样都无惧亦无怖。只有自己的内心都摇摆不定，才会认同剩女已成为社会问题这种屁话。

最后的最后，预祝来年情人节快乐！

踢踢敬上

# 爱，不过是心底涌动的温柔

我的父母是经人介绍认识的，一年不到就定了婚事，蜜月去的北京。看当时的照片，母亲的镜片是实打实的啤酒瓶底，丝毫没有夸张的成分。父亲也同现在一样清瘦，只是岁月扫过，青春变成鱼尾纹。和所有平凡的人们一样，父母的样貌并不出众，人生也没有太大的起落。不过是辛辛苦苦走一遭。

从没听过他们说肉麻的情话，无非是相互调侃。或者脾气来了，母亲发泄几句，父亲沉默不语。可讲起蜜月的事，搭火车去首都，在前门吃烤鸭，他们的眼里，望得见哪怕环游世界也不曾有的幸福。所谓从你的全世界路过，是今人才有的骄矜。在父母那一辈，牵起手就是一辈子。虽然不言不语，叫人难忘记。

我时常会想，都是沉默的心性，为何父母亲能趟过一路的磕磕绊绊。后来明白，不避险阻，只因心有温柔。

我悄悄熨帖你的心，一抬头，望见你温柔的眼睛

我有两个朋友，大学相识，毕业结婚。男女生都没有过人的长相和家世，但聪明、勤奋。作为金融男，竟日和数字打交道，照理会刻板。可男生对待老婆却极尽贴心，唯恐疏漏。女生算是强势的性格，进出都是头面人物，但和老公在一起，一秒变身幸福小女人。

婚礼的时候，新人发言。女生的告白是："我以前一直想找个完美的人。但因为遇见你，我放弃了对完美的追求。"相比程式化的"我愿意"，或者空泛地诵读《哥林多前书》，这是我听过最温柔的证言。

很多人问我，爱情究竟是什么？面对这样的大哉问，其实很难明晰地回答。

我们总习惯替自己的行为赋予意义，试图用理性解释动机与目的。超出语词的部分，往往称之为爱情。大量时刻，爱情让我们面目全非，连自己都难以辨识。更多时候，我们沉溺于现实与爱情天生的敌意，任其撕裂生活的角角落落。

害怕寂寞、担心特立独行、承受不了外界的压力，甚至解决生理诉求，都容易让我们产生需要爱情的幻觉。但这些名义上的爱，却无法填补自我的深渊。在这个目迷五色的时代，选择太多，稍不经意就纷乱了视线，挑动了心弦。

那么，什么是真正的爱？心动和投契只解决了愿望的部分，要维系爱情，还靠能力。一时的爱情纵然可以天雷地火，一生的爱情却要面对生老病死。人世的炎凉，人心的叵测，只有两个相爱的人背抵着背共同面对。也唯有在磨难里，爱的能力才会更快地习得。

一生中大部分时间，都要与庸常、琐碎甚至无聊为伴。真正的爱情，或许是极大的慰藉和救赎。只是，寻爱之路，需要两个同样用心的人。

不必言语，无需承诺。爱情不过是下雨时递过的伞，流泪时凑来的肩膀，饥饿时送上的外卖，争吵时先收起怒容。在这些表象背后，爱情是不论是否相伴，心底都会流淌着暖意。

就像那句说滥的话：爱之于我，不是肌肤之亲，不是一蔬一饭，它是一种不死的欲望，是疲惫生活中的英雄梦想。

生活是累人的。可因为爱情，哪怕你不在身边，哪怕夜凉如水万籁俱寂，我的心底也涌动着难解又不绝的温柔。

# 随便找个对象是另一场 loser 游戏

有一封读者来信，男生和女友分分合合反反复复，中间经历了各种寂寞与冷漠，直到把女友的肚子搞大，去做了人流，才深觉当断则断的重要性。

搞笑的是男生在信末说“想请踢踢老师帮帮我”，都这节骨眼了还能怎么帮，难道接盘吗？

可本着情感专栏作者的专业素养，还是正能量来了一发。其中有一些，可能也是很多人情感经历中共有的问题，值得一说。

日本有一种社会现象叫“成田离婚”。本来如胶似漆的恋人，走到谈婚论嫁的地步，蜜月旅行归来，却因为生活观念的种种不合，一到成田机场便去办理离婚。

虽然未必有那么戏剧性，但对更多普通人而言，拉锯的生活就像加长版的旅行考验，触发分手的未知事件，就是不明何处、又危机四伏的成田机场。

有一种恋爱模式，可以称之为慢性“成田离婚”，双方通常未经深入的考虑和了解，便仓促地在一起。此后，随着感情的推进，彼此的依赖更深。但逐步的了解，也暴露出彼此并不合拍、甚至三观分野的地方。

明知不是对的人，却输给惯性，难耐寂寞，你是疯儿我是傻，缠缠绵绵到天涯。直到“病入膏肓”，才痛切地明白，感情里最伤的两个错误，就是明知有问题还要在一起，发现是错的人还不愿分开。前者是放任，后者是惫懒，此间诸多勉强的根由，则是自私和怯懦。

在我们黏腻浓稠顾影自怜的青春年月，都有过无爱不欢、非爱不可的软弱。因为生活的平庸和空洞，因为身边人的甜蜜和幸福，因为书本和电影里的浪漫和温馨，我们对爱情总有美满而迫切的憧憬。

但在求爱索宠的过程里，我们却容易忽略真正想要的人和事。也许某个瞬间的情动于衷，就能换来一时的承诺和拥抱。也许某个回眸的粲然一笑，就凝成臆想中最美的容颜。可说到底，这些都是人为制造的泡沫，将对寂寞的逃避，装点成向爱情的渴求。

爱情的伟大也许在于，它能在某一段时间内填补心灵的空虚。但人的渺小也在于，空虚过后，一切又将回归真实。这时，曾经靠甜蜜遮掩的渺小，又会毫无保留地呈现在眼前，甚至愈加千疮百孔。

不能理解对于生活空洞和平庸的恐惧，就不会明白属于自己的爱情和爱人究竟是什么样子。虽说人艰不拆，但在所有实现自我价值的过程中，无论是创业、研习一门技艺或者环球旅行，成本都远大于邂逅一场爱情。

当荷尔蒙对上之后，我们高举双手向生活的真相投降，奔向那甜蜜的爱情乐园。直到美梦苏醒，更为巨大的庸常袭来，分手、寂寞、再开启新一段爱情，周而复始，未有尽头。

千万记得，在一起决不该是最后的备选，而是两个人审视自身需求之后的共识。无论是谁，决断之前，都应该努力地认清生活的真相，辨析内心的渴望。

如果彼此大体投契，不妨寻求进一步的磨合，此前的累积，也都会成为加持。若是明知不对，就不必勉强，短痛总胜过长久的撕扯。当然会有伤害，不免遗憾，但爱情本来就这样，于人于己，都不必说谎。

# 玻璃的心，受虐的命

经常有小伙伴问："我为什么总是喜欢不喜欢我的人？"身边不少人，尤其女生，总在这样的疑问里越陷越深。

答案有千百种，简约到三个字"双鱼座"，复杂到此处省略一万字的故事，归结起来不过一句话：人都是很贱的。

这里的贱，不是贬义，而是一种微妙的状态。遇着待自己好的不知珍惜，碰到对自己冷漠无感的又心驰神往。心动了，却没有行动，固守一隅之地，有暗恋的窃喜，也有爱慕而不得的忧郁，更多时候，是因缘无定的忐忑和纠结。

喜欢不喜欢自己的人，终究是一个人的游戏，就像在黑暗中独舞，也许步点动人，却难叫人欣赏。这是病，得治。

身边有几位女性朋友，人品端方，相貌周正，和闺蜜在一起时也活泼可人，

自行其是，是情路上危险的易碎品

唯独遭遇感情，总是两手一摊，摆出一副外科医生般“对不起，我已经尽力了”的表情。其实，故作淡定背后，尽是款曲波折。

相比红尘作伴敢爱敢恨，这些朋友中的一部分，打一开始就坚定了信念：我要找 180 平方米、180 厘米、180 毫米的三好青年。一念既出，重山无阻。为了达成目标，任何委屈、冷遇、怠慢，都不重要。

另一部分，性格软弱，行止优柔，对任何人都好声好气，有苦水自己吞，练就了一身绕指柔的神功。喜欢上一个人，再负面的反应，都不能将纷乱的思绪剪断。

可感情的事，不论对方有心无意，冷脸终究是冷脸。既然对方不喜欢自己，为何还能坚持下去？

其一，对虚妄的东西太过执着。罔顾感情真实的样子，沉溺于自我的想象和暗示之中。他/她究竟喜不喜欢我？这句话/这条微信/这个动作是什么意思？会不会是在向我表达什么？女孩的心思男孩你别猜，男孩的心思其实也一样。更何况，男孩多数时候没什么心思，猜了也白猜。

其二，自怨自艾发展成自怜和自我感动。期望得到反馈，通常又得不到，怎么办？不自觉地找一些理由，抚慰受伤的心。他/她说没空，也许真的是没空吧？他/她说约了人，其实只是普通朋友吧？他/她说谢谢，是不是真的挺感念我的？有时候想想，暗恋一个人，不用暴露自己，还有部分爱情的体验，其实也挺好的哦？所有这些猜测最终都指向一个结局——我真的好喜欢他/她，虽然我也不知道理由是什么，但就是喜欢（翻译一下，内心独白是，我都被自己的深情感动了）。

其三，改变自己的成本越来越高。爱之初，一切形如混沌初开，总有朦胧不明之感。在不断的自我暗示和确定之中，投入的感情逐渐增多，时间流逝、物质积累，想到抛弃就愈加不舍。某种程度上说，意识到总是喜欢不喜欢自己的人，却还是喜欢着，起核心作用的是喜欢这种“喜欢”的感觉。

话说得有点直，也许不中听。感情里最大的两个错误是：和一个错误的人开始，以及明知道进行时的那个人是错误的，还不愿结束。相比这些，能够及早抽身，不失为一种幸运。

任何单方面的痴情浓情深情，都不如两情相悦来得动人。要是因为投入了感情，就给对方的付出来个五花大绑，期望同等甚至更多的回报，一来不可靠，二来不自由，不如回到起点重新出发。

如果要换种文艺的表达，你看过《大河恋》吗？年轻的布拉德·皮特那么光华夺目，最终却倏然陨落。生命也许就是这样，热爱的未必了解，发光的终难保全，任谁也不是完满。于是那些暗影的偶然发散出浩瀚的轨迹，半点不由人，直到融进奔腾的大河里。

姑娘和男妹子们啊，人生吧，其实就像奔流的大河。干了这杯酒，我们一起去往河的上游。

# 关乎爱情，你我都是麦田里的守望者

不少小伙伴表达过类似的困境：在一段感情里倾注了几乎全部心力，以为爱情大过天，一旦分手，便感觉世界就此倾覆。

我高中毕业前夕，班主任给全班举了个例子。他说，爱情就像一片茫茫无际的麦田，对从未尝过滋味的人来说，也许没走几步，抓到的第一棵就无比心动。但只要继续走下去，会发现还有更好的。

这个比喻完全没有酝酿任何浪漫的情愫，核心要旨是友情提醒，勿因早恋而影响考分。

我从来是早恋的坚定拥护者，并且相信合宜的感情和丰富的经历有助于人性成长。哪怕是未成年人，只要家长有所知晓，没有太多的天雷地火，纯纯的爱着实叫人羡慕。抬眼望晴空，天边飘来十个字：男儿当自强，女生该早恋。

但也必须承认，班主任的比喻并不是毫无价值。如果爱情真的是一片麦田，自然也会包罗截然不同的人。有些性情保守，左思右想选择困难，到最后仍未有决断。有些拈花惹草，摘一棵弃一棵，也有个人的缘法与报偿。有的人也许第一次摘下麦子，就相守终身。有的人也许走到尽头，手中也颗粒皆无。爱情这件事，从来不会处处顺心。哪怕是初恋到老，也不似外人看来这般平稳。个中甘苦，如人饮水，需要不断地调适与妥协。

同样地，屡爱屡散，也未必就有多大的“病由”，无非是彼此存在问题，又不太合适而已。在麦田里呆久了，容易生出幻觉，满以为无边麦浪就是世界的全部，患得患失便再难避免。倘若是初恋，还人为赋予了太多意义，一旦分手之后，便成了沉重的担子，压得人喘不过气。明明就是一拍两散的了局，还会辗转多虑，忧思深种，甚至还影响到生活。

其实，很多主动提出分手的男女，想法远没有那么复杂。年轻人总是最绝情，强调自我，不必也不懂负责任，追求新鲜感，所有的一切都通向一拍两散。这当然不好，但也是人性的一部分。一般而言，失爱的痴心人，尤其女生，总会受伤许久，难以自拔。

但伤痛终究要自己走出来。人生固然有很多叵测和艰辛，但真正的苦难并没有多少。在爱情的试炼里，怎么可能时时高潮迭起，打怪练级才是最费时的部分。千万不要怀疑自己，仔细想想经历过的一切，尚有不足的，努力改进就好。发生的一切，都会随风飘远。待回望时，会蓦然发现，这些都已停留在心底最合适的位置。

我以前写过：多少我爱你，成了对不起。多少对不起，成了没关系。多少没关系，最终又成了谢谢你。一切终将云淡风轻，这大概是爱情里最通人性的规律。

至于解决之道，试着给生活填充一些新内容，将占据心头的压抑、不解和难过驱走一些。任何一种美好，包括爱情在内，都不可能是生活的全部。出去旅行、用心工作、多和朋友相处沟通，都是提振情绪的灵药。

如果上述都算“外敷”，建议调整状态，理一理自己在这段感情中的收获，想想自己有哪些不足，需要怎样的人，再以开放的心态去迎接下一个。打游戏不可能一遍通关，谈恋爱也不必苛求一次成功。某种程度上，恋爱中的自我成长和彼此完善，远比“从此，他们幸福地生活在一起”重要且有趣得多。

真心对待，勇敢沟通，少想多做，互换立场。唯有理解自己，才能理解对方。而理解对方，反过来又能加深对感情的认知和对诉求的判断。这些道理具体的尺度，都在各人的成长之中。

祝风吹麦浪的时节，每一个更好的你，终会在迷人的金黄色里寻到最合宜的那一棵。

# 暖男虽好，可不要贪杯哦

暖男又火了，不少小伙伴问我的看法。很简单：暖男自然好，但每个女生别忘了问问自己，暖男为何独独钟情于你？“保温期”又能维持多久？

就我所见，为暖男击节叫好的，多是纯爱女。对她们来说，暖男是上天赐予的礼物：初恋的甜，老公的贤，金城武的颜，包鱼塘的钱。

长相和家世或许可以退而求其次，极尽体贴却确凿无疑：无论下车还是开门，永远为你把持进出的通道。无论酷暑或是暴雨，伞只为你倾斜。冬日的周末，当你还蜷缩在被窝里，暖男已经在准备贴心的早餐。在外边受了委屈，想不管不顾地发泄，暖男总能给你一个肩膀。

一句话概括：暖男就是，我要燃烧所有生命，让你感受爱的温暖。

但残酷的人生经验告诉我们，上述状况多出自画面太美不敢看的琼瑶剧。真实的爱情，从来是动态的平衡。

暖男其实是男版的贤妻良母，填补了缺爱女生的心灵空白。如果对男性吵嚷着要找个万能妻子嗤之以鼻，女性追寻暖男的动机同样也十分可疑。很多女生都忘了，送上门的暖意，可能只是相中了你的年轻、美貌、家世而刻意彰显的初时殷勤。

在爱里，从来没有唾手可得，优点都有着另一个向度。单纯往往意味着幼稚，成熟每每藏着心机，澎湃的情感可能来去匆匆。连电台的午夜鸡汤节目都知道爱一个人要爱他/她的全部。还在为暖男痴痴地流口水的女生，也实在是五行缺心眼。

牛顿师傅没来得及说，除了力，暖的作用也是相互的。你冷若冰霜地原地一杵，就想寻寻觅觅一个温暖的怀抱，这样的要求算不算太高？不论男女，奢望对方无条件、无期限地对你好，不如先揽镜自照，是否当得起这般盛意？

喝完这一杯，没有三杯

多少令人唏嘘的终局，其实都经历过暖男的阶段。李宗盛写《铿锵玫瑰》，由了解而理解，是多大的温暖，到头来也只落得一句“我们的爱若是错误，愿你我没有白白受苦”。艳照门那一阵，谢霆锋对张柏芝诸多包容，暖得近乎逾越常情，最后也不过离婚了局。说到底，一时的暖可以催动内力，一生的暖却要共同维系。

温暖的瞬间总是叫人难忘，但要过一辈子，靠的是克服庸常、宽容瑕疵。磨合意味着相互适应，适应必然改变自己，此间辛苦，回望时自有暖意。

可自私懒惰地躲在一边，意淫暖男手捧着现成的爱情飘然而至，既是智商欠奉，也是信心匮乏。若是连自己都暖不起来，等来的“暖男”，多半是文章、李晨、黄海波之类，戏里是李大仁，戏外成负心人。

对女生而言，期待暖男是对爱情的诸多美好幻想之一。可将幻想和现实画上等号，就进入了癔症的范畴。暖男虽好，可不要贪杯哦。

# 来自星星的你：地球人已经满足不了你们了

身边有男性朋友问，《来自星星的你》那么扯，都教授都拿来和小沈阳、尔康一起比了，为什么身边的女性都那么如痴如醉似癫似狂？有这点时间还不如看看英剧美剧呢！

天下寂寞的男人啊，说出这些话，你又犯了自大的毛病。也许你懂剧，但你不懂女人。

《来自星星的你》为什么那么火？因为它把言情剧有史以来最大的野心，包装成一颗糖果喂给女观众吃。生离死别太戚戚，贫贱夫妻遭人弃，借问情郎何处有，地球已难满足你！

肿么办！这不男人来自火星么，谁也没见过外星人，大可以在外星人身上添加任何属性，以满足女观众足以包容整个银河系的YY之心。按照网上最红的说法，《星你》重新发明了一种男人。

不要以为这种新物种叫都教授，他的名字叫：外——星——人。

《星你》告诉你，外星人最大的好处，就是没有标准。而没有标准，就是最高的标准。

比如都敏俊，穿得了古装披得上西服，万年不露的刘海下边大概还藏着惊天的秘密。不说话的时候，都教授的眼神清澈，面庞白净，透明如无精液状态。说起话来，又有一种"宝贝乖，快到我的碗里来"的成熟风韵与开阔胸怀。

人家可是穿来穿去的外星人，有了400年的地球履历，既不用向天再借500年，还能保持童颜和纯真。据说，很多女生从都教授的脸上看出了处男的特征，我活了20多年，终于学会了淫者见淫的反义词。

这样就够了吗？你太天真了。女人的理想对象，当然要多金。对都教授来说，钱就是数字，虽然放在中国早已经限购365次，但外星人不受户籍限制呀。

对千颂伊小姐而言，因为都教授的存在，这些数字都可以像魔术一样变现，这是她的“数字化生存”。价值连城的古董是进可兜售退可把玩的不世珍藏，名包名表名马轻裘，再来几千件也不嫌多啊有木有！

当然了，现代知识女性，怎么会那么肤浅。我们还需要和灵魂伴侣不定期展开震烁古今的心灵对话。你懂不懂我，懂不懂我，到底懂不懂我？

别怕，都教授都懂。他在400年的地球生涯里精通了人类5 000年的文明，熟知儒家的纲常，深谙魏晋的风度，西方的理工农医和社会科学，一切尽在掌握。什么，你说星座？拜托，人家来自外星球，银河系对我们是抽象概念，对都教授不过是旅行目的地啊！我们的征途是星辰大海，对都教授就是隔壁小弄堂里那幢活了100多年的破旧小洋房呀！

不仅如此，都教授还懂女人心。利用瞬间移动、时间冻结这些bug技，都教授达到了人类，哪怕是乔布斯，穷其一生无法企及的高度：“我所拥有的最了不起的超能力就是让时间冻结。我曾经无数次冻结时间，在你所不知道的时候，说过这句话。我爱你，千颂伊。”

清新吗？感动吗？催人泪下吗？在你身边，我是李大仁，不在你身边，我是外星人啊！是外星人还牵挂着你这个地球好妹子啊！哪怕你再普通不过，相对我的条件来说也算一无所有啊！哪怕你比野蛮女友的时候明显老一些啊！可我是如此爱你啊！

不要问节操和底线，YY的世界是多数女性不容置喙的精神殿堂。用文艺的说法，想象是不会碰壁的，所以更见自由。

千万不要认为《星你》是一部超现实的诡异剧，它再接地气不过。可惜，精明的韩国人也知道，搜检人类影视史都找不到如此出彩的人物，所以，只能借助外太空的力量。唯有来自虫洞的都敏俊奥特曼，才能唤醒女人内心那头痒痒的蠢蠢欲动的小怪兽：他那么完美，却只守护我一个人呢。

男人啊，别再嘲笑这部剧和痴狂的女粉丝了。你们不觉得，这就是理想男友进阶教程吗？

# Part 3
# 手捧“鸡汤”反鸡汤

# 我们过的,本就是普通的生活

我一直想写篇这样的文章。

平时听到最多的抱怨,不是职场倾轧情路波折,而是生活艰辛。真实的拉锯就像一张弥天大网,笼罩在每个人的头顶。薪水欠奉、理想难偿、遇人不淑、愿景违和,所有逆境都能归结为对命运的唏嘘:我明明那么努力,却还没有出人头地。

近来,文艺青年更是抓到了这种情绪的出典。穆旦在《冥想》里写:"这才知道我的全部努力,不过完成了普通的生活。"一时间,这成为"不忘初心,方得始终"和"在我们的一生中,遇到爱,遇到性都不稀罕,稀罕的是遇到了解"之后的又一金句。

我们确实身处众声喧哗的年代。微博微信疯转的,是二代和外围的纸醉金迷。现实中,人和人的距离如此之近,下意识的较劲也避之不及。长此以往,多少意难平,成了怨怼、嫉恨、牢骚,却很少有人提醒自己:我们过的,本就是普通的生活。

自怜和自伤是幼稚者的通病。这种病症的另一种呈现方式,就是夸大自己的价值。十年寒窗考入名校,分明只是开启新的奋斗,却被太多人视作镀金的圣衣。很少有人愿意坦承,名牌大学只是提供了更多告别庸常的手段,拓展了知人论世的格局,归根结底,我们仍旧再寻常不过。在985、211和锦绣前程之间,从来是相关关系,而非因果关系。更何况,读完大学,落下一身文艺病,还难脱屌丝心态的,比比皆是。

豆瓣上曾经有一篇红极一时的帖子,叫《我们这么努力,也不过是为了成为一个普通人》。里边写道:"我们经过那么多的努力,也不过就是为了成为别人眼中的普通人,也许还会是自己过去最讨厌的那种普通人。于是我们虽然拿着一样的工资，做着一样的事，有些人可以欣然自得地取悦老板，我们的幸福感却总是来自于某一句突然浮现在脑海的歌词、某一句突然触到泪点的对白和深夜电话那头的那个人……想想周围的很多人，努力挣扎了那么些年，拼命耀眼了那么多年，最后也会穿着西装套裙，衣冠楚楚地去挤地铁挤公交，在CBD的高楼里拥有小小的一张桌子，在远离CBD的老式居民区里拥有小小的一张床。”

鲜明的对比和相似的情境，催动了文艺青年的泪腺。他们抱怨诗心湮没、远方蒙尘，营营役役乃至蝇营狗苟的现实，让他们被迫低下高傲的头颅，脱掉理想的冠冕，钻进房子的圈套，放弃对世界的渴望。绵长的愁绪可以绕地球一圈，只是不愿承认，所有困难的起点，是自己一懒二拖三不读书，偏偏还想得太多。

在这波情绪里，有个分支叫间隔年和环球旅行。游玩是最好的致幻剂，却极少有人想到，出去走走，是为了更好地回来。浪漫的生活方式就像无根的浮萍，但文艺青年们却好像故作不知似的：有的人看遍寰宇，心里仍不留一物，有的人枯坐遐想，胸中有万古江河。

将自己看得与众不同，可能是每个人的潜意识。但生活的面目，其实并无多大差别。现实的确不那么讨喜，甚至有些残酷，却都是无从回避的客观存在。

劳伦斯·布洛克写《八百万种死法》，同一座城市，每天有形形色色的人以各种方式死去，读者只有无力旁观的份。顶马唱《上海25小时》，虽是戏谑的口吻，讲的也是最真切的平凡和琐碎。真正的文艺，从来不是在丑恶面前别过头去，而是嬉笑或从容地直面人生。

有理想固然好，可别拿美好做借口，轻易放过自己。同处一个粗鄙的时代，唯有各自努力前程。说到底，谁不要面临家人的病痛和老去、职场的起伏和挫折、人生的莫测和风雨，谁不是心里时刻装着几件烦心事，还要强作欢颜淡然处之。

一切苦厄，皆含深意。唯一的差别是，有人趟过去了，有人却留在原地。最后的最后，我们也都只是红尘中的普通人，而已。

# 你以为看到了爱情，说到底不过是命运

20年前看《大话西游》，为了刻意的桥段和经典的无厘头大笑不止。10年前重温，看到紫霞身披嫁衣，含泪说出那句“我的意中人是个盖世英雄，有一天他会踩着七色云彩来娶我，我猜中了前头，可是我猜不着这结局。”一时就泪湿眼眶。如今，熟稔的剧情和台词再重复一遍，忽然就怔在那里。

一部流行电影，解读了20年。曾经的青葱少年，如今也大都成家立业。当初，我们以为在电影里读懂了爱情，眼下却恍然惊觉，说到底，不过是命运。而白驹过隙，山形依旧，换来的，是与命运的和解。

所有的喜剧片，万变不离其宗：人生何处不尴尬。微妙的尴尬掰扯开，才有出人意表的转圜与惊喜。至尊宝和山贼们遭遇春三十娘是尴尬，引来白晶晶和牛魔王更是手忙脚乱，但在紧密的主线上铺洒细碎的笑点，也便圆得过去。

尤其是熟悉周氏风格的观众，看到“I服了You”、“先说好不准打脸”、“你这么关心我，我愿意为你精尽人亡”、“我不顾一切地摸你，你也不顾一切地摸我，还立下了永不分离的誓言”之类的对白，或者深情凝视的瞬间忽然唱起《Only you》，自然前仰后合。

可尴尬过后，化解不开的，是矛盾。《大话西游》里贯穿着两重矛盾。一是救人。至尊宝为了救下白晶晶，无奈使用月光宝盒，却回到500年前。恰是在那里，遇见紫霞，成为托世的孙悟空。可当牛魔王来袭，至尊宝却无从取舍：不取西经，就救不了紫霞。一旦成为孙悟空，又无法和紫霞在一起。

这又引出了更深层的疑难：一个人的一生，未必只爱一个人，却只能和一个人走到最后。至尊宝以为自己爱的是白晶晶，为了她穿越时空。但在另一重天地，纵然昏迷时喊了98次“晶晶”，紫霞的名字却叫了784次。

年轻的时候，当然会像紫霞那样，期盼纯粹的爱情。身为佛祖的灯芯，却动了凡念，一心只为寻找那个能拔出紫青宝剑的如意郎君。

面对二郎神和四大天王的追捕和质问，紫霞扔下一句："如果不能跟我喜欢的人在一起的话，就算让我做玉皇大帝我也不会开心呐。"

在城墙下，抛出"他不喜欢我怎么办？他有老婆怎么办？"的问题，听到至尊宝回答"你管他那么多，上天安排的最大嘛"，脸上也浮漾起明净的笑。在紫霞这里，爱一个人不需要理由。她只深信心爱的人会身披金甲圣衣，脚踏七色云彩而来。

然而现实却总是行差踏错。之于至尊宝，接近紫霞是为了拿到月光宝盒，哪怕是"曾经有一份真诚的爱情放在我面前"那段著名的自述，初次提及也只是一生中"最完美的谎话"。可是，铅华洗褪、劫波度尽，当至尊宝为了救紫霞再念起这段，眼前只剩下漫漫的西天征途。

太多人看哭，是为了理想爱情的陨灭和人事离合的蹉跎。年轻时我们不懂爱，明了之后，又错过了最好的时光，徒留一身惘然。

会有这样的想法，大抵还是倔强的年纪，以至不愿承认，有些矛盾，一生都无计消除。

命运安排至尊宝不可能安心做个小山贼，不会迎娶白晶晶，终将遇到紫霞，而后错过，重走西天路。一如命运框定我们中的大多数，要跨过漫长的学生阶段，经历爱情的甜蜜与痛苦，直面怨憎会、求不得，难免生老病死。固然，"紧箍咒"下也有一时的悲欣，可说到底，成熟收获所得，也伴随失去，猜得中前头，也猜不着结局。

我们愈加意识到，世界有太多难以回避的枷锁，有观音也有牛魔王。置身此间，心里的一滴泪其实无足轻重。自由除了洒脱还意味着责任，爱情时而幸福也终归有痛苦，凡此种种，我们别无选择。

曾经如此钟情《大话西游》，因为那是理想的结晶。可如今，看到影片结尾，漫卷狂沙的戈壁上，师徒四人只留下渺小的背影，内心反倒生出由衷的平和。

因为早已接受，漫步人生路，总有一天，我们都会变得"好奇怪"、"像一条狗"。

有人说，《大话西游》再度走红，因为80后也开始怀旧了。其实，只是曾经的莽撞少年开始懂得：盖世英雄和一生所爱都是敢做敢恨的"少年游"，理想的阴影下，才暗藏生活的本质。无所谓好与坏，但求直面真实。哪怕认识真实，要戴上金刚圈，埋藏惶惑与伤痛，也终究避无可避。生亦何欢，死亦何苦，唯有珍惜当下，努力前程而已。

《大话西游》的好在于，笑、泪和深思藏在同一个寓言里，答案都留给了时间。

直到有一天，我们对人生幡然醒悟：从前现在过去了再不来，红红落叶长埋尘土内，开始终结总是没改变，天边的你飘泊白云外。苦海翻起爱恨，在世间难逃避命运，相亲竟不可接近，或我应该相信是缘分。

# 理解他人的生活是一种能力

因为出差，此刻我身处魔都远郊的一个小镇。即便把旅馆的窗户关得死死的，也掩不住马路对面的集市喧嚣。扩音器里“羊腿肉、羊身肉”的叫卖声，直冲云霄。集市的旁边是一家国有连锁超市，门口专辟了 3C 卖场，《小苹果》单曲循环。偶尔一辆货车驶过，带起蓄积了整天的雨水，溅在行人身上，又是一阵谩骂。

在这样的环境中写作，对嘈杂的怨怼是难免的。可集市里讨价还价的面孔，却带着活泼泼的生气。虽然阴郁、灰霾、扰攘的小镇给我带来诸多不快，但其实，在这个拥有一贯逻辑和约定俗成的小镇上，我才是那个外来的过客。

如果将小镇换成他人的生活，道理也是一样。理解他者，是一种必需，背后则是将心比心的能力。

这两天，朋友圈疯转一篇《“无龄感”生活》，谈及国内外的差异。在作者看来，国外中老年人的生活是进取自由的，不会明确地感受到岁月的负累。此之谓“无龄感”。相应地，国内则充斥着青年人疲弱惫懒的心态和中年人之间挥散不去的养生氛围。

由此，作者感慨，“回到上海，我就会陷入一种抽象的，无处不在的焦虑中，你习以为常的生活，突然变成一种与普遍观念的对抗”。作为回应，“我会选择‘无龄感’生活模式直到生命终点，工作，承担责任，学习以及流浪。无论对谁，此时此刻，就是最年轻最有希望的一刻”。

论调固然励志，想法却不免苛刻。对作者来说，只看到青年人当下的暮气，却未见自小较劲的压抑。厌烦中年人的惜命，却不知上有老、下有小的现实和有限的科学知识之间，有着难以言诠的矛盾与张力。

与其说我们厌烦一种特定的生活，不如说缺乏真正理解他人的能力。在浮躁的生活里，这兴许是最容易犯下的错误之一。

人生好比广场舞，有的人跳本色，
有的人演自己的形象大使

以前读孟浩然，看到“不才明主弃，多病故人疏”，觉得是傲娇的牢骚。后来翻材料，看到他自幼苦学，25岁开始广结天下英才，此后赴洛阳、长安谋仕途，却屡试不第。中年遭遇贫病，进而潦倒，才理解李白称其“风流天下闻”、杜甫说是“清诗句句尽堪传”的背后，人生遭遇了多大的起落。这种境遇未必人人都会经历，但抱定理解之同情，评说时总会少一些轻率。

现世也是如此。看不惯的人事太多，张口就是吐槽，于你于我，都是一样。贪一时口快，为机智自得，到头来，只是不愿意去理解而已。

你一定没少见识这样的人，见别人有钱就说是二代，看别人成功就说是运气，美女约等于被潜规则，丑人则免不了多作怪。如果身边始终有这样一台负能量永动机，否定他人成为不自觉的习惯，生活的半径，也就大略可见。像阿德勒所说，通过消解别人的价值来确认自己的成功，这样的日子，未免太没意思。

人和人之间，相互理解是困难的。就像此前流行的鸡汤，“我给了你一颗糖，你看到我给了他两颗糖，所以你对我有了不满，可是你不知道他之前也给过我两颗糖，而你什么都没给过我。”要计较，就没底。我总觉得，不要总看着他者呈现的冰山，水面以下的部分，或许更容易蕴藏生活的本质。能够挖掘多少，一看态度，二看能力。

就像写情感专栏之前，我总告诫自己，不要用“极品”、“奇葩”或者任何道德判断来思考一段生命体验。能在多大程度上理解来信者的处境，或许就决定了提出的建议能有多少帮助。

相比高贵冷艳的旁观，世间的一切美好都值得珍惜。哪怕它身在荆棘丛中，或是行走在暗影里，我们也要乐于做慧眼独具的打捞者。

# 但愿你的道路漫长，不要仓促地抵达命定之所

去土耳其之前，朋友送了我一句话：但愿你的旅途漫长。

我看到这句话的出处——卡瓦菲斯的《伊萨卡岛》，是在 2012 年夏天。当时还不知道这首现代诗与奥德修斯的故事有关，只是钟情其中的节奏与意象：当你启程前往伊萨卡，但愿你的道路漫长，充满奇迹，充满发现……让伊萨卡常在你心中，抵达那里是你此行的目的。但路上不要过于匆促，最好多延长几年。

直到归来，才大致明了话里的深意：如果旅行说到底是一场无知的游历，除了期待惊喜，也不必仓促地抵达命定之所。有时候，历史与命运的积淀太过森严，以致任何的轻率都成了唐突与不解。

这层意思，套用在伊斯坦布尔的身上，特别合适。

从地图上看，伊斯坦布尔被博斯普鲁斯海峡和金角湾区隔为欧洲区及亚洲区，成犄角之势。作为东西交通史上难以忽略的要津，伊斯坦布尔素来以战略位置著称。常为人提及的是拿破仑的评价："如果世界是一个国家，它的首都一定是伊斯坦布尔。"

稀罕的是，从未免于兵戎与战火的伊斯坦布尔，却很大程度上延续着文明的星火：无论查士丁尼的拜占庭余晖，还是征服者穆罕默德的奥斯曼宏图；无论基督教漫长的传布与发展史，还是伊斯兰教在现今的土耳其拥有 99%的信徒，从来没有一重势力，轻易地将另一重存在的痕迹抹去。

这一点，圣索菲亚大教堂即是明证。这座查士丁尼督建的教堂遍布宏伟的基督教镶嵌画，1453 年由穆罕默德改建为清真寺，又添加了伊斯兰教的仪轨和装饰。1935 年，凯末尔下令，大教堂始成博物馆。

穿行在圣索菲亚的底层，抬眼尽是公元 6 世纪便存在的鬼斧神工，既感喟人

之渺小，也深叹人之伟大。当然，更会心的是这块土地上扎根的人，历尽纷争与胶着，纵有毁伤，未致阻断。

相似的感受，自然也属于和圣索菲亚隔街相望的蓝色清真寺。

17 世纪初建成至今，这座以 6 根唤拜尖塔闻名于世的建筑，历经修缮，仍葆庄严。每逢宗教仪式，伊玛目的领拜通过扩音器传布到左近，车马沉寂，鸽阵从头顶掠过，仿佛时间静止。自清晨至午夜，每日五次，周而复始。

伊斯坦布尔绝不止一座清真寺。如果蓝色清真寺成了苏丹艾哈迈德一世荣光的见证，苏莱曼清真寺则承续了曾经的生活样态。知名的建筑师米马尔·希南不仅为苏莱曼大帝搭建了俯瞰金角湾的人间“宫殿”，还在周遭配设了施粥所、神学院、公共浴室和医院等服务设施。

信众往来、进出，在室外洗手净足，神情肃穆。打过耳环编号的流浪狗慵懒地趴在门口，偶尔有游客经过。各异的元素拼贴在同一个场景中，或者便是时空的静默。

虽然叫“新清真寺”，耶尼清真寺第一次修建完工已是 1597 年的事了。地处繁华的艾米诺努码头，搭乘博斯普鲁斯海峡的游客乘船穿过加拉塔大桥，最先挥别的就是这座精巧的建筑。

此行因为避雨，在新清真寺目睹了一场穆斯林的礼拜，对伊斯兰教又有了切身的体认。无论何时，服膺超验的东西，总会叫人寻获内心的安宁。

在官方的宣传话术里，博斯普鲁斯游轮是一次时光之旅。从加拉塔地区出发，穿越博斯普鲁斯大桥，直抵终点，一个半小时的航程里，皇宫、圣像、行宫、别墅、村落交错呈现，愈到最后，人迹愈清冷，自然的声息却扑面而至。劲吹的海风，斜照的夕阳，云霞里穿梭的海鸟伸手可触，又是一番难忘的体验。

到伊斯坦布尔，托普卡帕皇宫是必经之处。除了奥斯曼帝国镶满红绿宝石的珍藏，领略伟大帝国的真实生活，也颇感触动。在这里，唯有受到王族青睐、进而生儿育女的宫女，才能分配到一间有窗的屋子。其余都在黑人太监的严格掌控之下，作为宫闱秘墙内的一部分，在悠长的时光里存在，而后被遗忘。

逗留伊斯坦布尔的四天，最属意的交通工具是 tramway。无论车厢新旧，叮叮当当的入站提醒驱散行走在铁轨上的人流，也让喧嚣的市声暂时归于沉寂。当列车驶过，紧挨着街道的行人又重归热络，直到下一次进站、远行。

除了对古早的倾慕与怀恋，有轨电车或许还包含对历史的隐喻：影响深远的事件搭起了星罗棋布的站台，此间的道路，就是那些分秒流逝的光阴。真实发生了什么，就像地上的足迹，未必会有印痕，却不能否认其存在。

也正是为此，那句衷心的祝愿才有意义：但愿你的道路漫长，不要仓促地抵达命定之所。

去探索，去发现，去期待奇迹。无论伊斯坦布尔，或是其他地方。

# 最要紧是一颗奔腾的心

我认识一些才华过人的年轻朋友，学业轻松完成，平素不乏爱好，一路名校，读好专业，毕业时几经搏杀，闯入金融业。干了两三年，生活却只剩下疲惫与怨气。

其中一位做投行的，本是开朗达观的性格，赴港两年，回来诉苦，开口的第一句话是：“我现在的生活里只有两个兴趣爱好，下班去健身房跑跑步，开车回家时听听音乐。”唯有谈到收入，他的眼里才绽放出久违的光芒。有力挣无处花的薪资，只有在与人对比的时候，才能凸显价值。时间长了，那些差额似乎成了他打拼的全部意义。

我也见过不少前同行公开谈论媒体人转型，尽是扬眉吐气之后的释然。其中一位甚至说，因为在互联网行业跑口多年，最终去到一家近来风头正盛的硬

爱上一匹野马，我想要呼伦贝尔草原

件生产商，每个月拿 18k 的收入，言语之间颇为得意。

说点不好听的，越是这些人，谈起传统媒体的弊病，越有难掩的狠劲。他们似乎很少想到，对老东家和旧行业过河拆桥，否定的实则是自己曾经的选择。更何况，24k 的纯金不好找，18k 的公关满街跑。年轻人的襟怀，大可以更宽广一些。

在眼下的年月，钱确实是衡量能力的重要指标。以此为基点，高薪、稳定、性价比，都是各人基于财务状况做出的抉择。对那些需要从头打拼的年轻人，房价、生活开支，也不乏难言的隐痛。时日久了，积郁压在心底，便成了“那些忧伤的年轻人”，养成感物伤怀的通病，不愿有超重的背负，过度追求那些触手可及的“小确幸”。

可如果仔细在身边找寻，其实也不乏有趣的人，维持吃穿用度之余，在热爱的领域实现自我的价值。今天去看了一位学妹的个展“无聊人”，画的是略“无聊”的漫画，仔细看看，却有真味。听她说，毕业之后没多久就自由职业，如今也能维持温饱。邀画的人很多，太商业的也会婉拒。坚决不用绘图板，每天手绘 2 至 3 个小时，投入起来一画就 7 个小时。说到底，手艺人的生活，也不是不辛苦，但是贴着生活最真实的气息。

而且，人生的可能性有千万种，世界也不应该止于目力所及。尤其手握大把岁月，更不必执着于泯然众人的目标。追着钱跑的，难免会被钱拖垮。做喜欢的事，即便只是小有所成，钱也会找上门。

这已经不是科层和秩序压倒一切的年代了，在纷纭琐碎之中认识自己，其实更为重要。

在飞机上翻看《浪潮之巅》，IT 巨头的兴衰时运系于字句，有人事，也有时运，叫人唏嘘。偶尔出神，从舷窗望出去，夕阳的余晖洒落川流的河湾上，一片金黄色的光芒。每每这种时候，我都会想，世界不应该止于现在这样。对每个人而言，最要紧是一颗奔腾的心。

就像《浪潮之巅》的扉页上写的：对于一个弄潮的年轻人来讲，最幸运的，莫过于赶上一波大潮。

# 别扯 80、90 后，世界不是人人有份

以 10 年划分一代人，注定是粗疏的，但多少能看出些共性的东西。在如今的话语体系里，90 后的标签是自我、叛逆、特立独行，90 后之间的流行被视作难以理解的亚文化，以致任何稍显吊诡的行为，都容易冠上 90 后的"污名"。

事实上，眼下对 90 后的种种诟病，曾经也落在 80 后身上。在 60、70 后看来，80 后是莽撞又自私的外来者，意图将旧世界的秩序冲个七零八落。而今，80 后的集体境遇转向了房贷、加班、生活压力，90 后的风潮又席卷而来。

如此看来，90 后身上的诸多特点，其实只是年轻人的特质。

但不同的时代，无论年轻、年老，身上都有社会环境的投射。同是自我，80 后和 90 后却呈现出不同的面貌。

我身边的 80 后，进入职场基本已 5 年以上，每天挤公交的时候怀揣着买车的梦；工作之余就凝视日历表，仔细思忖如何拆分为数不多的假期。大多数人在父母的赞助下垫了首付、背了贷款；已经结婚生子的，也开始学着适应辣妈或奶爸的身份。30 上下的人，很难再只为自己而活。

90 后则不然，初入职场，大把的精力和梦想，恋爱要对味，事业要顺心。假使遭逢不顺，调整的成本也不高。真要在职场受了委屈，或者看不惯人际倾轧，挑一件想做的事，就创业了。也是为此，创业成了这个时代的关键词，天上掉块砖都能轻易砸到一位合伙人。

80 后向现实低头，甚至开始钻营，90 后却依然故我。真的只是年龄的关系吗？其实，家境和家庭教育对这两个年龄段的年轻人起着至关重要的影响。

80 后的父母，年纪稍大的赶上了老三届，知识青年下夕烟，返城之后的遭际无需赘言。年纪稍轻的，也没有赶上恢复高考，高中毕业后或顶替父母的职位，

或从社会底层打拼，固然有成功者，多数却湮没在庸常里。

相形之下，90后的父母虽然也经历过“文革”，但却幸运地赶上了1977年。在人才断档的时代，大学生的普遍成就和社会地位可期，再经努力，眼下多是各行各业的中坚乃至领军力量。

虽然只相差几年，但80后的家庭环境多为市井之中的工薪阶层，父母在教育上盯得紧，物质生活却未必富足。加之对父母的含辛茹苦竟日耳濡目染，一旦肩负压力，就容易向现实妥协。尤其购房、购车等大件开支远高于日常薪俸，在乎财富、甚至舍弃一部分自我也就不难理解。

我比较反感一些80后向同龄人灌输“与其买房结婚，不如携侣天涯”的观念。作为个人选择，当然无可厚非。但涉及影响他人的价值观，就不太足取。毕竟，有能力始终抵御外界压力的是少部分，多数人还是会过上普通人的生活。在断裂的社会，熬是不得已的办法。

但对90后来说，父母已经累积了一定的财富，支撑他们去选择喜欢的生活方式。凡事有了退路，再做选择会轻松不少。

此外，90后的成长期正赶上国内物质趋于富足的阶段，父母因为工作繁忙可能也不会事无巨细地管束。在他们的习惯里，物质的猎奇并不稀罕，重要的是自我的价值得到认可，目标能够实现。如果仔细分辨身边90后的口头禅，经常会听到“我就是要……”、“我就喜欢……”的句式。与其说这是傲娇或者狂妄，毋宁说是习以为常。

厘清这种差别，并不是为了区分80后和90后的优劣。只是，在讨论代际鸿沟的问题时，两代人的家庭背景和教育经历注定了彼此的差别，如果将源头舍弃，不免要流于九斤老太“一代不如一代”的窠臼。

更要紧的是，无论80、90后，能在多大程度上认识到家庭教育的局限，跳出家境的制约，善辨因果，才能在多大程度上实现自由。

对80后来说，如何在普通的家境中磨砺坚忍的性情，拓展为人的格局，寻找自我的目标，显得尤为关键。至于90后，没有后顾之忧的时候如何自我激励，挥别颓废与慵懒，如何完善自身的修行，也是脱颖而出的不二法门。

说到底，年轻人最重要的，便是不为现世所框限，在相似的条件中呈现过人的才具与品行。同样关键的是，无论做任何选择，都要对自己和身边亲近的人负责。唯有负责任的自由，才能捎住黑暗的闸门，扛起梦想的大旗。

世界终将是90后的，但也只属于那些能够突破自我局限的90后。同样地，我执已破的80后或者00后、10后，也都当得起这句箴言：“生活的目的，在增进全体人类之生活。生命的意义，在创造宇宙继续之生命。”

# 没有一种美德比认真更高尚

小年夜的19点，办公室昼夜交替。记者都已散场，编辑还未到来。整个楼层空旷无人，手表指针的响动裹在老旧日光灯的滋滋声里，隐约可辨。无心把这样的场景和任何隐喻关联起来，只想借新年渐开的大门里透出的光亮，回望过去的一年。

25岁之后，人生就像是跳上了疾驰的列车，快慢不由人，沿途所见也未有定论。读书时曾经咫尺相隔的同窗，因为人生的选择和各自的境遇，走上了迥然不同的道路。差异渐次呈现，距离却还是那么近，有时深觉欠一个拥抱，有时又忍不住转过头去。

2013年，见证了十余场婚礼，有些情谊绵密，有些偶有龃龉。本来料想的幸福，很多倒成为稳定的宿主。在点滴所见里，大略能明白，无爱不欢，每每是内心怯懦的借口。真正的爱，是分离时的想念，是缄默中的温暖，是成长里彼此的渗透与参照。就像知乎上有人说的，所谓爱就是，“好像突然有了软肋，也突然有了铠甲”。关于我爱你，在便很好，不在，亦不至心虚惫懒，甚至还无畏无惧。

也是去年，生活有不少波澜，少年心性，忽然要面对飘摇的风雨。会落泪，也奋进，更多是学习陪伴与宽慰。为了生活打拼，会逐日明了，什么钝重，什么轻佻，人生一世，哪些过时不候，哪些又虚无缥缈。

行业动荡，大势未明，满目所见，不是哀叹，便是自欺。有时候想想，都是明白人，何苦将自己框进沉溺的迷局。辨势而动，择木而栖，说到底，并非台风眼何在，最终的砝码还是理想，是底线，是情义。

刚看完李娜的自传《独自上场》。多数人只看到她的自信与诚实，却不明了转变由何而来。好在此书粉饰较少，足以洞见亲情、爱情与境遇起落对人的塑造。猎奇之余，书中的故事还揭示着光环底下的真实世界：没有一种生活比另一种更美好，只有一种人比另一种更强大。

而强大的因由，在于认真生活。

最近和朋友聊天，说起近年颇红的几句话：“以大多数人的努力程度，都还没到拼天赋的阶段。”“人的一切痛苦，本质上都是对自己的无能的愤怒。”过去的这一年，是真的相信，真的懂得。

所以新的一年，发愿要做个更认真的人，不抄近道，下笨功夫，始终擦亮双眼。也愿与你们一道，明晰心之所向，认真前行。无论做什么，不求圆满，只期待淡定与从容。

没有一种美德比认真更高尚，唯有认真，才能通向恒久的荣光。知道米兰·昆德拉怎么说吗？

“这世界上有不朽吗？有的，它就在我们心里。”

# 屌丝的本质是什么

今天一早，吴晓波老师微信号推送《算算你的“屌丝值”》，通过和北京的哥小张的聊天引出文眼：屌丝的标配与他从事的职业其实没有关系，而在于两个指标。第一，屌丝只有职务性收入，甚少财产性收入；第二，屌丝的银行负债率为零。

在文章里，主人公小张因为父辈的积蓄，有房无贷。更要命的是，小张“不以为耻，反以为荣”，因为“不欠银行的”，说话的声音还“陡然响亮起来”。面对这种微妙的气氛，吴晓波老师从家庭财务的角度，讲授了一堂生活中的经济学课程。

除上述文眼外，主要思想原文摘录：对于一位有可持续收入的人来说，无论他是开出租还是在摩天大楼里当白领，咬着牙维持一定的家庭负债是必须的，在我看来，50%至70%的负债率是安全的。“既无外债也无内债”，是一种“家庭犯罪”。你看古人造这个“债”字，便是“一个人的责任”，在商业社会中，一个敢于负债的人，其实是一个敢于对未来负责的人。

说完这些，吴老师抛出一颗蜜糖：“如果一个家庭的财产性收入与职务性收入各占一半之时，财务自由的曙光便可能出现了，而当前者占到绝大比例之后，你就会摆脱对职业的依赖，越来越自信，开始考虑如何过一种自己喜欢的生活。”

这年头谈财务自由，就像1980年代谈诗和远方，有太多男女就像你就像我，眼中都射出葫芦娃的精光。

我理解，吴老师的本意是鼓励大家树立理财观念和习惯。但现实是，纯理论学习未必就有正能量加持。何况算法本身有问题。举个例子，一个普通中产家庭，夫妻双方年收入30万至40万，因为结婚购房买车花掉两家几乎所有积蓄，背了一身房贷。按吴老师的说法，这算是持续稳定收入且有负债了。这时

屌丝不要紧，只要心够燃。少壮不努力，老大醒工砖

候，假如家里有人生了场大病……

告别职务性收入，靠财产性收入养活自己，翻译一下，就是不用整天看老板脸色给同事点赞，心情像风一样自由啊，谁不想有这一天。但步子迈得太大，容易扯着蛋。更何况，屌丝不屌丝，修行在个人。有的人世界杯豪赌数百万，家财散尽上天台，说穿了还是屌丝。有的人，花 200 块钱买张电脑桌，啊，是吧。

什么事往钱里说，难免就窄。屌丝说到底还是心态。

我有一个熟人，在美国公司上班，开德系豪车，吃日本怀石料理，唯独轮到买单，开始展示中国特色。先示意买单，再果断尿遁，回来装作无事说一句“啊呀你们怎么买掉了说好我买的呀”。若不是所有人果断撤，向服务员说明“找那个上厕所的人买单”这种行为太屌丝，真想尝试一下。

我所理解的屌丝与否，其实取决于人的格局。

初高中的时候养成基本的性格和爱好；在大学里奠定三观、磨砺涵养；工作之后，仔细认清现实，找到底线之上的进取空间；30 岁之前，规划好人生的大方向；30 岁之后，心怀家庭和朋友，尽力改善彼此的生活。不必有过人的成功，但一天有一天的进益，离长期的目标逐日迈进。到晚境，纵然诸多无奈，仍能平和地说一句：已识乾坤大，犹怜草木青。

有这样的历程，即便终生无缘大富大贵，也算不得屌丝。不然，像《中国合伙人》那样，要靠冠名美帝的实验室甚至纳斯达克上市来一吐胸中恶气，仍旧是穷得只剩下钱。

人只要找对方向，不避险阻，有持续的努力，钱总是越挣越多的。对物质抱有不切实际的幻想，永远希望抄近道的人，才会感慨钱不够花、人生辛苦。

吴晓波老师有一点说得对，人生不怕负债，尤其在年轻的时候。但债不仅是金钱上，也包括承诺和背负。敢于向世界宣示，再用尽全力去实现，不就是年轻人的专利吗？当然，孽债不算。

别哭穷啦。屌丝和钱真的关系不大，快点振奋精神，醒工砖了。

# 我今天的承诺,用这首歌来作证

长达 2、3 分钟的 encore 声后,56 岁的李宗盛穿着白色 T 恤,重新站到了舞台中央。梅赛德斯-奔驰中心又沸腾了。这一次,身后的大屏幕上打出两个大字:《你们》。

这是一首写给周华健的歌,可当李宗盛唱起第一句,全场的掌声就再未断绝。

"张亚珍/超级歌迷哪儿都跟/离开学校/当我会计到结婚/杨世文/人比名字还斯文/每个演出后的庆功宴/都哭得很大声/他是家住桃园害羞的工读生……"始终宣称自己"只是一个写歌的人",李宗盛真的用一首歌取代了演职员表,表达具体到人的谢忱。

《你们》的高潮部分,是这样写的:"谢谢你们一分一秒的青春/只要歌还在唱着/我答应不会/让你觉得闷/我今天的承诺/用这首歌来作证。"这一段,写给在场与不在场的每一个人。

李宗盛是深谙感情真谛的人,写歌,说话,都掌握着最合宜的力度。"既然青春留不住"的上海场,一言一语,莫不如是。

舞台上摆着一张沙发,李宗盛指着它说:"20 岁出头的一个下午,我就在家里的沙发上写这个歌。"前奏响起,《生命中的精灵》。

你很难想象一个 20 多岁的青年,在 1980 年代的岁月里,如此抒写自己的情感:"我所有目光的焦点,在你额头的两道弧线。"关于爱情的路,我们都曾经走过,关于爱情的歌,我们都听得太多,可只有一个李宗盛,用最直白的话语,道出了万千心声。

那个你依我侬的年代,也唯有他这样描述相思:"为你我用了半年的积蓄/漂洋过海地来看你/为了这次相聚/我连见面时的呼吸/都曾反复练习。"

时移世易，漂洋过海不再是奢侈，可陌生的城市，熟悉的角落，每个人照例在彼此安慰，相拥叹息。作为爱情“捕手”，李宗盛写出《漂洋过海来看你》那年才33岁，就已触到人心里的永恒。

演唱会现场，李宗盛还原了很多创作时的情境。他说，之所以写很多女人歌，是想改变流行音乐，尤其是华语乐坛，不能准确写性的现状。每个女人都有性感的一面，为此，他深入地了解每一个女歌手，从气质、样貌，到香水乃至内衣品牌。有些歌者是要深挖的，有些则轮廓自现，譬如莫文蔚。然后，他唱了一首《十二楼》，没有瑰丽的舞美，却有电光、石火的悸动。

说到男人，李宗盛又讲：“男人写歌要到50岁以后，那时比较放松，写男人的东西比较有意思。”尤其是失婚男人，“要把晚上在卧房做的事转移到厨房，对写歌有帮助。”在这个主题下，他唱了《因为单身的缘故》、《寂寞难耐》。还有那首每听必醉的《我是真的爱你》。

很多公开场合，李宗盛都坦言，写过很多“巨怂又巨卖”的歌。

这次，李宗盛说：“这些巨怂又巨卖的歌，可能在年轻的时候帮你们办成了一些坏事。虽然现在坐在你身边的，未必是当时的人。”说笑似的，他唱完了《别怕我伤心》、《听见有人叫你宝贝》、《爱情少尉》和《爱如潮水》的串烧。

按我理解，李宗盛说这些歌“怂”，因为里边尽是表浅的曲折和直率的意气。极致，却未必真实。言不及义又痛彻心扉的灰色地带，或许才是一部分爱情的本质。

结过两次婚，又离过两次婚的李宗盛在现场开玩笑。听到台下观众告白“我单身”，大叔笑眯眯地说了句“我也是”。可“调情”的同时，观众不间断地呼喊林忆莲的名字，李宗盛却置若罔闻。他只是淡淡地说了一句：“我在上海失去了生命中很大的一块。隔了很长时间，我才敢再来上海。”

为了提携后进，李宗盛说：“小李有一个特异功能，就是我眼光好。”总结自己的时候，他又说：“我觉得音乐应该是沟通，用歌来记录别人的故事。当我知道自己有这个天分的时候，我吓坏了。”

因为商业演唱会的关系，李宗盛在现场还充了一回华少，念了两个品牌。但他也有分寸：“其余品牌，请看左右两边大屏幕。也不要太久，起反效果，我要唱《山丘》了。”

海誓山盟远，心上有佳音

关于《山丘》，演唱会的尾声，李宗盛留了句三俗又动人的寄语："我希望你们在56岁的时候，写一首比《山丘》更牛叉的歌。"

终场，李宗盛面向四面八方的观众，合掌作别。然后转过身去，逐一向乐队成员鞠躬。直到音乐渐弱，那个白色T恤花白胡须的身影，渐渐消失在舞台尽头。

其实，对每个"你们"而言，李宗盛的歌不止是音乐，它们关乎成长，是一种共通的生活体验。每个人心中都有一首李宗盛，每一首李宗盛，都是我们在时间与空间上的彼此关联。

在更广泛的意义上，这个瓦斯行老板之子，一步步凭借自己的才华，将普通人的努力与过人的天赋，融会成难言的感动。他的每段隽语，都是切身悲喜，凝练成普世情歌。

生活的压力与生命的尊严，哪个更重要。想得却不可得，你奈人生何。返场选择《我是一只小小鸟》和《给自己的歌》，大概也是明知"既然青春留不住"，只好振奋精神，嬉皮笑脸面对，人生的难。

# 爱情少尉与他的命运山丘

2006年，李宗盛在台北小巨蛋办了《理性与感性》音乐会，梁静茹是嘉宾之一。那时的梁静茹还没结婚，但也28岁了，唱《诱惑的街》、《问》、《梦醒时分》，都是最醇厚的女人歌。李宗盛评价说，梁静茹越来越懂他的歌，但“希望她不要像老豆经历得那么多”。

这一段看似琐碎，其实倒像李宗盛的自况。结过两次婚，离过两次婚，还有各种潜伏的款曲，一路走来，歌里总难掩切身的经历。

一开始，李宗盛也是意气风发的。侯孝贤1990年拍《风柜来的人》，请李宗盛写歌。这首同名歌开头就是：“从风里走来/就不想停下脚步/如果欢笑可以骄傲/我们要它响亮/向风里走去/就不能停下脚步/如果年轻凝成泪水/很快就会吹干”。1980年代的即视感里，有着明确的洒脱与骄傲。

几乎同期，李宗盛写《爱情少尉》：“我是一个爱情的少尉/前来攻占你心中的堡垒/不要以为你有多好的防备/不要以为你有万全的准备/我将从你那里尝到/爱情的滋味。”

这位不流泪、不排队也不会喝醉的爱情少尉，在此后的六七年间步入创作高峰。除了少年意气的轻捷，他还叙写苦与痴的缠绵。

罗列一些歌名就胜过千言：《漂洋过海来看你》、《让我欢喜让我忧》、《爱的代价》、《鬼迷心窍》（顺便提一句，这是当年华航台湾篇的广告歌）、《爱如潮水》、《领悟》、《为你我受冷风吹》、《诱惑的街》，等等。

然后，就是1997年。这一年，李宗盛与第一任妻子朱卫茵离婚，翌年迎娶林忆莲。不知会否是错觉，此后，李宗盛的歌里开始有了深沉的感喟。

1999年，他给无印良品写《伤心地铁》：“凭一种男人的直觉/去承受这份残缺/当缘起和缘灭/我们的过去已不能重写。”

同一年，给莫文蔚写《阴天》：“爱情究竟是精神鸦片/还是世纪末的无聊消遣”、“感情说穿了一人挣脱的一人去捡/男人大可不必百口莫辩/女人实在无须楚楚可怜/总之那几年你们两个没有缘。”

关于林忆莲，李宗盛有太多的话想说，也有更多的言不及义。

写在歌里，就是那首《铿锵玫瑰》：“别要她相信爱无悔/爱无悔/太绝对/她从不以为爱最美/她说那全是虚伪/像旷野的玫瑰/用脆弱的花蕊/想抗拒绽放后的枯萎/所以温暖却暧昧/所以似是而非/让那直觉完全发挥/她一直给/每一次给/有即兴意味/心碎也无所谓/你真心给/却落得意冷心灰。”

尔后，2004 年，一语成谶，当爱已成往事。

离婚当年，李宗盛开启了 Lee Guitars 工厂，立志打造华人手工吉他第一品牌。而“木吉他”，正是他求学时成立校园乐队并初入歌坛的组合名称。

之后是数年的沉潜，虽然偶有作品，相较此前，却过于萧条。直到 2010 年，写出《给自己的歌》。2013 年，写出《山丘》。

歌词大家太熟，就不贴了。想得却不可得，情爱里无智者。越过山丘，虽然已白了头。越过山丘，才发现无人等候。情海里千帆过尽，李宗盛已经不太在意曲调的精致与和韵，更多时候，他有意雕琢的是人生感喟出口瞬间的倾诉感。

哪怕是爱情少尉，也要翻越无言的山丘。在爱里，从来没有轻车熟路的闪转腾挪，度尽劫波，顶多也就换一个虎口脱险。要命的是，李宗盛的心思太细腻，笔触太准确，说的是个人的体悟，道尽的却是人世繁华与命运沧桑。所以才有了那句：每一个人心中都有一首李宗盛。

一条温情的线索是，李宗盛有几首写女儿的歌。1989 年写《阿宗三件事》，第一件就是李纯儿。“纯儿是我的女儿/是上帝给我的恩赐/我要让她平安长大/是我很重要的事/我希望她快乐健康/生命中不要有复杂难懂的事”，言语间尽是浅白的希望。

到 1993 年，李宗盛写了《希望》和《远行》。“如果这纷乱的世界让我沮丧/我就去看看她们眼中的光芒”、“当所有等待都变成曾经/我会说好多精彩的故事给你听”。自己难以逃离成人的世界，也要背过身去，把孩子保护在怀中。

这不是爱情的歌，却有情歌里罕见的赤诚与忘我。也许，只有在孩子身上，我们才能真切地看见“心中的那个年轻人”。

# 既然青春留不住

今天被李宗盛杭州演唱会刷屏了。相熟的朋友还拉了微信群，现场直播。模糊的背景声里透出熟悉的语调和歌词，听着听着，险些流下泪来。

早先买了今年的上海场，订单刚下，就和同龄的朋友说起，兴许到现场会忍不住哭起来。朋友说，这确实是你们大叔会做的事。

我承认，长得比较着急，心智也老化得突然，就连在KTV，都不忘说一句：我是老年黄金组。过去迷李宗盛，是因为"每一个人心中都有一首李宗盛"，那种身居大流的沉迷与自我陶醉，大概是每个文艺青年的幻梦。说到底，为赋新词强说愁。

如今再细想其中的歌词，真是浅斟低唱，不经意就打中内心。尤其是《给自己的歌》和《山丘》之后，听过再谈人生，都有了扩写的模板。

李宗盛这一轮巡回演唱会有一个主题：既然青春留不住。最近特别感觉到，所谓青春，并不是意气风发，也不是年华正茂。更广泛的意义上，青春是无需为自己和身边人负责，是放肆，是任性的勇敢与无知的洒脱。正是如此，才令这两个字充满魔力，甚至成为终生的凭吊。

可我们终要面对的事实是：青春留不住。既然青春留不住，就要穿透理性与感性，好好拾掇自己的人生。

前两天，一位好朋友和我聊起人生，说素来只求三样：爱、自由以及自我实现的价值。说时容易，此间的故事，大概不知要说上多少个黑夜白天。

按我的理解，所谓爱，是接受并能欣赏不圆满。所谓自由，是通晓责任的边界。所谓自我实现的价值，是在负担日重的前路上，重新燃起青春的火焰。哪怕只是错觉，也不为坚持做自己喜欢的事而后悔。

遗憾我们从未成熟，还没能晓得，多数已经老了。幸好我们的心里，都还住着自己年轻时的镜像，那个年轻人。按流行的说法，这叫抱道守真，以贯始终，纵历厄难，勿改初衷。初心最难得，青春尤可贵。

面对未知的人生，我们也许该勇敢一点。那才是消逝的青春该留下的馈赠。

# 我们和世界，只差一个转身

最近有不少小伙伴聊起生活艰辛，普遍的问题是郁郁不得志。

可深聊下去，又说不出个所以然，每句的开头尽是“我觉得”、“我想”、“我要”。言必称“我”，还能排比，以为自己是领导啊？更多的问题是，“他/她明明不如我，怎么得到了那个位置/有了那个机会？”

躬逢动荡乱世，机会和倾轧并存，每个人都期望从变局中脱颖而出，往大里说，成就一番功业，向小里看，实现自我价值。人和人的距离那么近，相互比较也是再正常不过的事。

问题是，多少人都已经养成了思维定势，通过消解别人的价值来获取自我的肯定与安慰。他升职比我快，逢年过节肯定没少给领导送礼。她人前看上去白富美，谁知道人后是不是个黑木耳。听说谁谁谁是钻石王老五啊，还不是因为有个好爹！

在这种视角延伸的世界观里，一切问题都能归结为体制问题，所有责任都与自己无关。真要是连借口都找不到了，就可以归结为缺少机会，“只要给我一个机会，我也不会比你们差”。

所有弱者的通病，就是喜欢从外部寻找理由，从而继续放任自己。反正我是屌丝啊哈哈哈，谁叫我生不逢时呢哦呵呵呵。

如果要为“狭隘”描绘一个准确的形象，这恐怕就是了。人生一世，悲欣过眼。顺逆交替，任谁都无从幸免。愈是如此，就愈要正视世界和自我，凡事从自身出发，寻求些微的改变和进益。

没有人是完满，吹毛求疵大概是世间最容易的事。可挑剔之后，我还是我，世界却未曾停止转动。改变是困难的，但唯有打破积压的惯性，才会有更好的可能。其实也不必大刀阔斧，每天有一些变化，日积月累，就是自我更新。

不解开理性与感性之间的“502”，
就不懂得真正的“520”

生活的意义，抽象出来，不就是一天比一天更好吗？怕就怕分明不努力，却还不知足，竟日沉溺在负面情绪之中。我们和世界之间，其实只差一个转身。如果自己转向世界的背面，还想指望别人央求你再转回来？

对多数 loser 来说，他们控诉不公，心里想的是并未分摊到不公的优惠。他们视潜规则为天敌，立足点是自己在潜规则下的排序。想明白这一点，趁早远离身边凡事必抱怨、遇人总吐槽的负能量永动机。

春分时节，不如去看看花花世界，让内心的植被繁茂生长。待到凛冬，也请记得，别再因狭隘的躲避而仓促转身。

# 为谁盛放花满路

魔都的天气忽然就阴沉下来，淅淅沥沥的雨水，算是宣告入秋。这一整个夏天也不算无事可说，但细碎在心里慢慢郁积，终于也不再有说出口的冲动。而时间，也分分秒秒地溜走了。

早上从学校去报社，在宿舍门前看到新晋的学弟，大包小包，身后是肤色黝黑的父母。想是从农村考上来的烟酒僧。看他们的神色，这一排排在天上望下去不过朵朵麻将牌的宿舍楼里，大概能延展出和整个世界一般大的梦想。每个人都有做梦的权利，我是衷心地羡慕，虽然已不再有多大的相信，但希望他们能一直信服地走下去，不致有被骗的错觉。

由此想起自己初入校园的时光，一转眼已是六年前了。

入学那天和父母一同来报到，门口张挂的横幅还是“欢迎来自全国各地的新同学”（现在已跃升为“世界各地”），偌大的毛主席雕像背着手，脸上表情严肃。一切都那么庄重有序。

与父母初到校园，和逛公园也无甚分别，走走停停把学校捋了个遍，直观感受是，到底是大学，嗅来真有自由的味道。

写这么几段并不是要给在校的光阴做一个收束。哪怕只是幻灯片一页页揭过，可能也会劳累致死。何况很多事情，细数也不免残忍。只是感喟时间飞逝，恍惚昨日的光景，一转眼就已六年。而时光的断片既被割裂，也相互串联着，成了一张跳针的唱片。谁知道放到唱机上，会响起哪一段？

你问我会不会后悔，一定是不太可能的。一来虚度是人生的意义所在，比任何正经的消磨光阴都来得快慰。二来步步前行，终于也成了如今的自己，哪怕少了任何一步，都不成其为现在。

只是走过来时路，看着那些变与不变，心里还是感慨光阴如水，人事却易折。那年五角场初建，哪有什么城市副中心的称谓，工地里处处是呛人的味道。

但也是那时，动过真心想去采访里边的农民工，看看他们的生活样态。光华楼初建的时候嫌它的突兀，如今惯看了它突兀如旧，反倒有了一重温润。

尤其是初春的草地，看很多人席地而坐，放放风筝喝喝酒，一躺就是一对，也挺有校园的况味。至于那些年岁远长于我的老楼，仍然孤零零地杵在原地，很难再翻修了。谁也不愿把经费用到无益的事上。浮生若梦，只有那些埋没在历史尘埃中的故事，和这些楼的名字一起，慢慢陌生，陌生到老。

其实它们都没有变，变的是我。很多时候想想过去不会做的事情，如今竟也做得踏实心安。倒不是底线有多大的浮动，只是度日之间，言行的准绳变得松松垮垮。对什么都能报以笑容，收敛的那些心声，再不愿透露出哪怕一丝一毫的不忿与不智。我们所谓的长大、成熟，不外是藏几许心事，多几次微笑而已。

但我也不悲观。虽说世事漫随流水，这所学校带给我很多印记，也并不是一时就能消弭。很多时候我们死命地说它多烂，可别人若敢置喙半句，肯定少不了还嘴。

更确定的是，它教会我很多认识自我的途径。我在这里明白这世界并不是正义必胜，不过是胜者给自己粉饰了一层正义的冠冕。我也懂得任何群体都不可信，真正的关系只存于人和人之间。那对一切的质疑并未动摇我们生活的根本，也是它教我的，怀疑推到最后，仍然是相信。说理想太庞然，我愿意用美好来替代。每颗心，都在等待一抹花开。

去岁闹了几起风波，外界声浪不断，我也只是笑笑。因为看到身边很多人的理智和清醒，知道学校不是随便几句就能击垮。至于那些扰攘着保卫学校声誉的，我倒觉得，很多的借危机成全自己，倒似天生，并不是从这学校里学来的。

学校只是告诉我，无论名姓派别，只求学术独立、思想自由，在寻找真理的路上，就永远不孤单。

感觉不孤单大概是最温暖的事，你问我爱这学校哪一点，我会告诉你，它让我坚信很多事，以至能始终积极地面对人生。

其实我不上 BBS，但见过有一次入站画面上写：为谁盛放花满路，旦复旦兮心如故。说真的，人生不就是旦复旦兮之间的款曲流动和言语短长吗？

一天一天慢慢过去，经过凤凰花开的路口，开始直面庸常琐碎的生活，明白不负责任的自由必然导向后悔，想通不能总是靠投机和逃避度日，这一切的一切，也都并不是禅修式的顿悟。早在置身这里的时候，我们就已经明白。只是那时候，还不愿去面对罢了。

之于这所学校，我们只是沧海一粟，而它的烙印，却长相陪伴我们，去到更多更远的地方。那或者是一生都庆幸的事，纵然今是昨非，纵然青春渐老。

# 没有一颗星会熄灭

夜幕低垂，华灯初上，又到城市每晚的例行散场。成群的人流走向出租车，涌向地铁站，半句分别还未出口，车轮和轨道的声响，已经飞驰而过。还留在原地的，除了目送，就是挂念。

这两天和同学聚会，话略少，心稍沉。忽然意识到，阔别两年，相识五载，时光倥偬，远快过有意识的惦记。埋头的时候，都是一己的昏天黑地，偶尔相聚，也少了当年的意气飞扬。所幸默契仍在，谈笑之间，再远的话题，都有所会心。

虽然相逢已是二十二三岁的年纪，觍着脸还能说一句，当时相见，各自青春。而今，谈不上面带尘霜，心里总多了难言的负累。

在北上广，或者其他地方，每个人都开始了各自的旅程。有些白天坐在最繁华高端的办公室，晚上又拖着疲惫回到租赁的蜗居。有些遭逢情感的波折，

成长，就算意味着变老，也是非常美好的事

夹缠了日益复杂的现实，企盼再出发。生活的脚步从未停止，面对未知，我们似乎已习惯用沉默来回答。

在社会浸久了，脑后的反骨总会不恰当地出现。反感谄媚，反感庸俗，反感一切伪善，然后明白，虚假背后，也许是另一种情非得已的真实。就像歌里唱的，世界是如此的小，我们注定无处可逃。偏偏，花个十年也未必能搞清楚，生活的压力和生命的尊严，哪个更重要。

自信也好，悲戚也罢，都是在迷茫中摸索，也许一生也未有回答。

在这个意义上，同学恰是青春确凿的证据，留存在心底柔软的地方。

脚下的路在走，我们都明白，野草在茸茸的枯黄之后，总会迎来初绿。校园里的花谢了，也终有再度吐蕊的芬芳。3108 还是名流济济人头攒动，光华大道的秋叶还是会沙沙直响。

这两天朋友圈都在转《复旦 100 事》，老调重弹，照例感动。同窗其实也一样。如果世上有什么恒久不变的事，下午 14 点的课堂，22 点以后的黑暗料理和烧烤摊，一定身在其中。

记忆的断片始终潜伏在脑海深处，疏离时无暇凭吊，待到再相逢，又会重新浮现。这种时刻，纵使无言，也都会懂。

人生的路，终究是要分岔的。共同的话题会越来越少，面对的烦忧会越来越多。可即便青春变成鱼尾纹，曾经的陪伴，也就在那里，催生出坚持下去的勇气。

读书的时候迷北岛，落笔尽是沧桑：“那时我们有梦，关于文学，关于爱情，关于穿越世界的旅行。如今我们深夜饮酒，杯子碰到一起，都是梦破碎的声音。”现在想想，这种感喟里也透着虚弱。

关于时光，我的同学是这么说的：“成长，就算意味着变老，也是非常美好的事。”

生命里发生过这么美好的事，面对未来，也不必再害怕什么。

其实，四散的人，就像天上的星辰。

长夜再黑暗，我们都在彼此照亮。而当白昼笼罩大地，也请记得，没有一颗星，会就此熄灭。

# 不曾分开过

时间是2012年6月29日下午4点，地点是复旦南区正大体育馆，校歌唱毕，故事落幕。人流如潮水般散去，广播里播着凤凰花开的路口，熟悉的歌词，却有恍惚的错觉。七年了，没有哪个港口，是永远的停留。

一个人找了条过道，看着内场纷乱的合影、谈天、签名，耳中盘桓的，都是终于我们分头走的阕歌余韵。

毕业典礼校长讲话前，全场默哀一分钟，向近年归道山的谷超豪、朱维铮、金重远、章培恒、丁淦林、郑祖康、贾植芳等诸先生致意。大师之谓，说得太冗长，可在复旦的时光，耳闻目睹，确然感受过真切的大师风采。尤其本科时，爱听学林掌故，每有讲座或课堂散落逸闻，迅疾传布开来，也有会心的温暖。

只是耽于絮碎，在大道上却从未有半点开悟，想来愧对师长教诲。眼见世间不平，一无搏浪击水的勇气，二无谦冲避忌的平和，愈涉世俗便愈世俗。小有成绩者还可说是于艺文一道投注多数精力，一无所成如自己，真是半点借口也难寻。只是戏谑终日，无所事事的状态。

可在师道和真理面前，半点轻浮也不敢流露。身在复旦，有竟日的闲散轻慢，但大师的行迹和思想，或者亲授，或者耳闻，甚至素未谋面不曾了然的，都住在我们心里。那不是从未存在，只是有待开掘，在每一个复旦人心里，无论大师身处何方，与我们都有学理的血脉勾连，从不曾分开过。

晚上19点左右，学院热络的红毯秀。眼见一众俊男靓女从缱绻的暮色中缓缓走来，记忆的闸门渐次开启，碎片就这么拼凑起来。

记得很多人说的话，不诉离伤，也就都寄存在心里。那些吉光片羽般的感慨，也都是迟来的祝福。其实说什么以前以后，纵然天涯两隔，我们又不曾分开过。

想来研究生三年，不难也不易，因此懂了不少道理。除了世道，对人心最多的感喟是，生死之交，当日不知罕有。于是挥霍着青春也挥霍着情感，终于茫然四顾，只剩下分别。

可反过来说，懂得珍惜之后，分别也不那么可怕，也许只是一个短信，一条微博，一则确凿的信息，就会寻获内心的温暖。

我明了，往后再这么在烧烤摊前把酒言欢，或者 KTV 里纵情高歌，可能只是小范围内的聚散离合。我也明了，那些地域的界限，在时间的拉扯之下，会愈加彰显。但我总愿意相信，一个电话，哪怕身有挂碍无从远近，心也都会在一起。

复旦人最自得的，是自由而无用的灵魂。有用无用之辨，说得太滥太多。若你问什么是自由，我愿意不揣浅陋地说，自由不是放任，是对自己内心的期许。无论外界是光明敞亮或者晦暗难分，自由都让我们照亮自己的内心，坚守自我的界限。在这自由的世界里，每个人能改变的或许有限，但思虑的疆界却未有尽头。也许此生不会再有这般青春的筵席，但在自由的土地上，我们从不曾分离。

看毕业册上的同学寄语，最喜欢的一句是：故事虽落幕，青春不终场。必然有一天，我们会变老，青春哪怕未至尾声，至少也要中场休息。但这生命的起伏与波折之中，只要心底愿意，相聚分离，都是最浪漫的事。

你看歌里是怎么唱的：就在启程的时刻/让我为你唱首歌/不知以后你能否再见到我/等到相遇的时刻/我们再唱这首歌/就像我们从未曾离别过。

人生短短几个秋，他年聚首，好好喝上一杯。若是远隔，也请记得，我们不曾分开过。

# 致谢

我清楚地记得，2014 年 7 月 12 日，师兄黄维第一次和我聊起出书的事。那是在外滩源的一家咖啡馆，薄暮时分，雨水淅沥。彼时，“赞赏”还是一个连商业计划书都没有的创业项目，微信公众号“傅踢踢”的订阅用户也只是如今的十分之一。

但我们都充满信心，说着“梦想还是要有的，万一实现了呢”。两个多月后，阿里巴巴登陆纽交所，这句话印在路演的文化衫上。从这个角度来说，“赞赏”和阿里巴巴一样，都是追梦人的故事。有幸的是，梦想照进现实，时隔数月，这本书已经在你手中。

感谢黄维。在我所接触的前辈里，他是最聪明也最拼命的。而且，他身上有狂狷之气。狂者进取，狷者有所不为，这是难得的古道。至于对后辈的无私照拂，又有一番热肠在。可以说，没有他的促成，不仅这本书是镜花水月，我能否以最好的状态投身写作，也未可知。

感谢陈序。他不常提“理想”，却是真正的理想主义者。跻身“赞赏”作者，成为理想的一部分，与有荣焉。

感谢王留全。没有他的专业与细致，这本书只存于臆想，设计、审校、制作都无从谈起。

感谢周小肉精心绘制的封面和内页插画。如果世上有天赐一说，她那些奇思妙想在纯净的心灵上绽放，即是写照。因为她的才情，这本书或许更耐得住时间的冲刷。

生命中许多重要的时刻，回头想来，不过是日历上再寻常不过的数字。于我而言，两年多前在新天地安达仕酒店和师兄褚宁的相识，正是这样的机缘。是他为我推开一扇门，另一种人生的可能性才渐次洞明。为此，要特别感谢他。

很多于我教益颇深的师友，匆匆不尽一一。能够以轻捷的姿态写作，既是因循他们的足迹，也感谢这个去中介的时代。

刚开始写情感专栏的时候，兴越给了我很多具体的支持。纵然她已身在首都，徘徊于北京蓝和 APEC 蓝之间，仍旧是稀罕的最佳损友。

每一位来信或提问的读者，都在感谢名单之上。虽然我并不讳言，看到你们问“我该怎么办”，内心总有惶恐闪现。你们的信任如此宝贵，以至我常担心给出错误甚至乖谬的回应。

当然，也要感谢每一位读者。如果文字有因缘，笔耕不辍是因，遇见你们是缘。

在《谈到世界充满爱》的赞赏过程中，每一位赞赏人的心意，都充实了这本书的价值。谨以这份名单表达谢忱。你们点燃了我梦想的灯火。

赞赏人名单

朱珉迕、邱健、黄怡静、朱蒙雪、瞿思笺、胖叔叔、周豪、五阿哥、韩硕、龚瀛琦、钱小胖、比闪电瘦、张堃、刘烨鑫、褚悦闻、花小要、余雪、张邢程、胡博文、陈轶珺、沈帅波、郭艺珺、张莹、李思潇、周嘉旎、陈颖翱、李大巍、王海、谢雪艳、赵明超、飞天小女警、吴薇、黄东平、王凌云、叶盈、王小燕、严琪、陆晔、钱璐洁、金声涛、段书晓、李静、许可、常惠惠、徐香、蝶梦庄的老林、杨一、陆绮雯、冯亚静、沈佳敏、兴越、罗璀、黄奇萃、桃蓁蓁、姚峥、李泓、黄怡静、谢倩、胡思恩、沈侠、掌丽云、岳魁、黄维、周勇峰、唐猪猪、李苑、胡晓、亚瑟王凡、赵康樑、周渊、褚宁、阴丽萍、陈海玲、徐均、王莹、熊聪、彭放、张静华、姚瑶、李贺、毛毛雨、陈鸣、李晓杰、李昱佳、杨群、吴雪舟、朱佳琦、李姝、夏天怡、戴焱淼、唐玮婕、李上涛、李猿儿、晓斌、黄威、辛华、朱琦、张浩、谈鲁麒、温永至、潘田、朱莹、蛋姐、沈小根、张碧时、周宇、章怡灵、丹花儿、邓宇、闻奕、周敏娴，刘传博、路琳娜、刘璐、小敏、邢晓芳、童希、顾琪静、谢知聆、孙振、何洛先、潘乐群、小杏、杨阳、龙卿、戎兵、江胜信、尹平平、许萍、唐莹、柳盈莹、陈莉莉、张洪亮、沈婕、沈轶伦、泡泡泡饭和泡蛋泡面、王丹丹、马攀、钱庆虹、刘鑫、张婕、刘耿、吴小姐、郭媛媛、风向已晚、朱韵莲、李畅畅、王毅、余灵妍、徐颖、张欣、陈秋芝、兔思思、李更、程洪瑾、许馨月、黎婧、施雯 Jessie Shi、小毛驴、康文捷、李荣新、刘静川、杨楠、李云、黄楠、奚小姐、李晗、邱竑婷、孙智杰、张弘、钱淼、赵秦、蒋小橘、黄婷婷、王东、施怡婧、王彦、王娟、金真、周吉、曲玮玮、蔡洁晶、章迪思、赵文金、Sylvia、李雪、庄笑枫、Miss 火柴酱、吴信号、蒋倩、刘洁、蒋雷、陈亦平、杜燕、张燕、李李、minipiggy、徐未、刘剑飞、张青、戴佳俊、陈玭玭、金倩婧、木耳、罗旋、刘岚、陈恩勋、舒怡、戴靖熙、周文佳、沈操、杨琳、王朝玉、卢晓欣、崔晓蔓、倪来福、蔡瑞华、王晓峰、许维、唐灏隽、卢苑、小墨、庄颖健、杨婧、何琦、姚伟、郑闻文、凌海婧、祝佳、黄旭、沈萍、张晶洁、翁祎敏、陈嘉玮、王雪、王智捷、瞿小栗、俞玲玲、吴昊珊、张鑫华、丰鸿平、郑朝亮、周小肉、章灵芝、刘明、麦客北北、周凯、周小妍、姜森元、陈昶霖、陈迎晖、丁元元、李琛、许萍、丁烨、袁媛、龙乐乐、王铸成、唐小锋、刘雨阳、谭艳、贺佳颖、肖书佳、王浩苗淼、周睿鸣、Cheryl、田彬桔、陈之琰、康郧燕、陈卓蓝、林森、李佩珊、严晓艳、李思宓、朱海艺、胡蝶、丁琳(按赞赏先后顺序排列)

就像歌里唱的：我拥有的都是侥幸，我失去的都是人生。我要把这本稚拙的处女作献给爸爸妈妈，感谢他们给予我亲尝得失的生命历程。

最后要感谢我的女友阿瑞。如果人生是一部长卷，希望她这本书，我能用一生的时间仔细品读。

**图书在版编目(CIP)数据**

谈到世界充满爱/傅踢踢著. —上海：东方出版中心，2015. 4
ISBN 978-7-5473-0767-0

Ⅰ. ①谈… Ⅱ. ①傅… Ⅲ. ①随笔—作品集—中国—当代 Ⅳ. ①I267.1

中国版本图书馆 CIP 数据核字(2015)第 062217 号

谈到世界充满爱

**出版发行**：东方出版中心
**地　　址**：上海市仙霞路 345 号
**电　　话**：021-62417400
**邮政编码**：200336
**出版策划**：赞赏社交出版平台
**经　　销**：全国新华书店
**印　　刷**：上海书刊印刷有限公司
**开　　本**：890×1240 毫米 1/32
**字　　数**：108 千字
**印　　张**：4.5
**版　　次**：2015 年 5 月第 1 版第 1 次印刷
ISBN 978-7-5473-0767-0
**定　　价**：38.00 元



**东方出版中心邮购部电话：62069798**